橋 QIAO

20 16 冬／winter

第 5 期

編輯
札記

　　《橋》第5期的專題為大陸新銳作家路內。這幾年我到大陸各地訪學時,曾多方打聽七○後的代表作家,路內是時常交集的名單之一。他的寫作勤奮,佳作甚多,為了讓兩岸青年讀者對路內能有一些基本的認識,本刊除了收錄路內簡介、路內自述以及短篇小說代表作外,亦邀請到大陸對路內有較深理解的金理,來評述其短篇代表作〈十七歲送姐姐出門〉,而我則評介他入選台灣《文訊》雜誌的「2001-2015華文長篇小說20部」的代表作《花街往事》,藉由兩岸共同關注的作品,引導讀者們閱讀與欣賞路內。

　　在兩岸作品共讀的特輯中,此次我們特別推薦「城鄉之間」及「跨界書寫」的相關文本。因為無論在台灣或大陸,城鄉之間的轉型與變化,都是廣義的第三世界國家發展最核心的問題,也是有志作家的重要書寫題材,但早已不同於「鄉土中國」的時代,新世紀以降的城鄉書寫究竟呈現那些新面貌與推進,我們透過兩岸評論家們閱讀鄭順聰《家工廠》、賴鈺婷《小地方》、梁鴻《神聖家族》、張楚《梵高的火柴》、孫惠芬《後上塘書》等作品,呈現兩岸城鄉發展主題的一些新進展。而推介尉任之《室內靜物　窗外風景》及謝三泰《走拍台灣》,則是回應晚近多媒體時代的書寫轉型——不只以文字為視野或媒介,尉任之廣泛涉獵各種藝術媒介的雜文,以及謝三泰以照片作為主要敘事媒介,都讓我們看到新的書寫視野與模式正在發生。此外,本期亦推薦大陸晚近的少數民族文學代表作《春香》,這一部改寫自韓國古典文學名著《春香傳》中的女性書寫,能讓我們參照反思今日女性的現代轉型問題。

　　特稿整理與收錄淡江大學中文系主辦的「2016年兩岸現當代文學評論青年學者工作坊」的發言稿摘要,以及最後的兩岸觀察人的逐字稿報告——大陸余亮的〈超越鄉愁〉及台灣洪崇德的〈重拾老派文青精神〉,藉由這些摘要與報告,我們想提供一些沒能在現場的青年與感興趣的讀者,一起跟我們擴充兩岸文學與經典互涉、溫故知新的各種可能性,促進我們的主體變化與自我更新。

(文／黃文倩)

橋 20 16 冬 / winter QIAO

第 5 期

目次

因為慈悲
所以懂得
——管窺 路內

關於路內

路內，本名商俊偉，
1973年生於蘇州，作家。現居上海。

2007年　發表長篇小說《少年巴比倫》
　　　　於《收穫》雜誌。2008年由重
　　　　慶出版社出版。

2008年　發表長篇小說《追隨她的旅程》
　　　　於《收穫》雜誌長篇專號。
　　　　2009年由中信出版社出版。

2009年　《少年巴比倫》獲上海錦繡文
　　　　學獎最佳新人獎，提名華語文
　　　　學傳媒獎最具潛力新人。

2010年　《追隨她的旅程》提名華語文學傳媒獎最具潛力新人。

2011年　發表長篇小說《雲中人》於《收穫》雜誌。2012年由浙江文藝
　　　　出版社出版，獲錢江晚報年度圖書最佳新人獎。

2012年　獲人民文學未來大家TOP20評選。

2012年　獲《GQ》雜誌中文版年度作家。

2012年　發表長篇小說《花街往事》於《人民文學》雜誌。2013年由上
　　　　海文藝出版社出版。

2013年　《花街往事》獲《人民文學》首屆新人獎長篇小說獎。

2013年　發表長篇小說《天使墜落在哪裡》於《人民文學》雜誌。2014
　　　　年由北京十月文藝出版社出版。

2014年　北京十月文藝出版社出版（再版）「追隨三部曲」（《少年巴
　　　　比倫》、《追隨她的旅程》及《天使墜落在哪裡》），70萬字。

2014年　《花街往事》提名華語文學傳媒獎年度小說家。

2014年　青島帕帝客投資拍攝《少年巴比倫》電影，擔任編劇。影片提
　　　　名上海電影亞洲新人單元最佳導演、最佳電影，東京電影節亞
　　　　洲新人單元最佳電影、台灣金馬獎最佳新人導演等。

2015年　由華誼投資拍攝電影《紐約紐約》，擔任原創編劇。

2015年　《天使墜落在哪裡》提名華語文學傳媒獎年度小說家。

2015年　由美國亞馬遜出版《少年巴比倫》全球英文版，獲美國亞馬遜
　　　　季度亞洲文學、中國文學榜首。

2015年　發表長篇小說《慈悲》於《收穫》雜誌，2016年由人民文學出
　　　　版社出版。

2016年　《慈悲》獲華語文學傳媒獎年度小說家，獲《南方人物週刊》
　　　　2015年度人物。

2016年　由中央人民廣播電臺連播小說《慈悲》。

2016年　由上海投資拍攝短篇小說《阿弟你慢慢跑》改編電影，擔任編
　　　　劇。

2016年　《花街往事》獲台灣《文訊》雜誌「2001-2015華文長篇小說
　　　　20部」評選。

2016年　獲首屆「茅盾文學新人獎」。

2016年　出版短篇小說集《十七歲的輕騎兵》英文版。

2016年　由華東師範大學出版社出版《路內短篇小說選》。

路內自述：
義無反顧地走遠

路內

1996年

　　我家住在六層公房的底樓，有一個大院子。我媽在院子裡種了葡萄，第一年結了很多果實，是甜的。此後一年不如一年，到我十七歲的時候根本沒法吃了，但是也不好意思砍掉它，就只能任其生長。書桌在靠窗的位置，是那種典型的「文革傢俱」，但我還是挺喜歡它的。對著窗坐在書桌前，可以看到我家那株無用而不死的葡萄。

　　我媽是個瓊瑤迷。我念小學時，她從地攤上買了很多瓊瑤小說回家看，我跟著她一起看。終於有一天，她看膩了，改看瓊瑤電視劇了。我仍然陪著她看，包括住在我家樓上的男孩們，也會一起蹲在電視機前面。我媽因為看過小說，大體上都能劇透，把故事的來龍去脈講清楚。那幫男孩

全都被我媽教育得非常傷感，出去打架從來沒有贏過一回，把妹功夫都一流。

我在那個地方一直住到二十八歲。隔著圍牆，外面的道路從土路變成柏油路，變成快速路。二十年間，城市向外擴建，始終都有重型卡車從我的窗前經過，發出巨響，我家的窗框也跟著抖動。後來這棟樓整個地歪了，框架結構出現了裂縫，從我家的過道能看到隔壁人家的洗手間，非常難堪。

路內兒時與父母親

二十歲時候，我就是坐在那個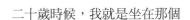時而抖動的窗前寫小說，先用寫在筆記本上，再謄寫到五百字的方格稿紙上。二十五歲那年發表了第一個短篇小說在《萌芽》雜誌，此後十年，我只想找一份體面的工作，或者到處玩玩，我沒有發表小說。

1998年

洪水總是被我寫進小說裡（確切來說是內澇），那是我最熟悉的景觀，大水淹沒了一條街、一座廠、一片碼頭。那水通常不會太深，等到大家覺得快要撐不住的時候，它也就退了。假如有人喪命，多半是掉進了窨井裡，或者觸電。

1998年秋天，我坐上火車去重慶，那裡有一份看倉庫的工作等著我。南方的洪水漸漸平息，鐵道兩側渾濁的水面上只剩下屋頂和樹冠，有

一頭豬孤獨地站在屋頂上。火車緩慢地開了幾個小時，沒看見外面有一個人。這是我第一次完整地經過中國南方。

公司租了一個小旅館的兩間房，一間住台灣主管，不過他很少出現，朝南的那間歸我。那地方在沙坪壩，當時是重慶很混亂的一個片區，出門不遠就是紅燈區，每到黃昏，女孩們成群結隊地坐在街邊。那裡似乎只有米線店和洗頭房。

這個城市裡我一個人都不認識，每天從旅館走到倉庫看一眼，倉庫在山上。公司的生意好像很差，很少有人來提貨。我在一個筆記本上寫點詩，然後發呆。那是一段很平靜的時間，我計算著每天合理地抽煙、喝酒、吃飯，花掉十八元的差旅補貼，然後可以用存下的工資買一台VCD。我太想要VCD了，我能借到很多好片子，但我沒有一台播放機。

有一件事我很懊悔。在二十二歲考上夜大學的時候，我一直說我只有兩個專業可以選擇：文秘，會計。但其實當時還有一個專業是電影攝影。鬼知道為什麼一座小城的夜大學會開電影攝影專業，學了這個專業我又能到哪裡去拍電影。為了找份像樣的工作，我填了會計專業。我這輩子確實做過兩個月的會計，一分錢都沒有搞錯，但我的自行車在公司門口被人偷了。我的會計夢也就破滅了。

我在重慶差點被人用槍崩了，這件事就不談了。我帶著自己的筆記本回到家，那已經是冬天了，然後買了一台VCD，借了一堆盜版文藝片，那裡面有侯孝賢的《南國，再見南國》，封面是周潤發。

2002年

我是二十八歲才決定去上海的，雖然我家離上海不遠，我舅舅也住在上海，有一個好大的別墅夠我搭住，但各種雞零狗碎的事情拖住了我。

2001年時，我在一家很小的廣告公司做客戶服務，還幫忙寫文案。當時我說，我想去上海碰碰運氣，那裡有很多公司，也許有人不介意我不懂英文呢。後來我老闆給了我一千塊錢，說如果奧美收留我的話，就算我成功了。

最後落腳在一家本土公司。我的主管是位大姐，北京電影學院表演系輟學，又考取上海戲劇學院導演系，總之是很生猛的女性。那幾年公司生意也不大好，部門裡就剩我和她，成天聊電影和文學。

上海比較好玩，我經常去聽搖滾，盜版碟已經進化到DVD，互聯網上最流行的是論壇。如果生活在京廣滬，論壇裡的朋友們還能經常見面。我太太當時就在論壇寫詩，見面很投緣，後來一問她是COSMO的記者。我們在天山路附近租了一間小房子，冬天還馬馬虎虎，到了夏天所有的蟑螂都爬了出來，太可怕了。

當時除了論壇以外，還有很多地下刊物，都是二十出頭的年輕人自己印的。他們約我寫，我的詩寫得不好，小說也不知道該怎麼寫了。寫了兩篇，覺得自己廢了，我似乎只會寫廣告文案了。我遇到過一些天分很高的年輕人，那時我已經三十歲了，他們讓我想起我二十歲時遇到的同樣的人，但十年之後我和那些人失去了聯繫。現在我四十多歲，又一個十年過去了，又一批天分很高的年輕人變老並杳無音信。這件事說起來十分傷感。

論壇和地下刊物的時代就這麼過去了。現在也有創意寫作班，或是出版公司挖掘新人，或是年紀輕輕就成為暢銷書作家。這也不錯，但和我當年所見畢竟不一樣。我懷念那些消失了的人，而我自己竟然沒有消失。

2006年

2003年「非典」期間，我在房價暴漲的停頓間隙買了一套房子。不知道在一個談文學的場所談論房子有什麼意思，但是假如經歷過就會知

道，過去十年裡，房子是中國人存在的價值。2006年，我三十三歲，心情欠佳。秋天時我動手寫長篇小說《少年巴比倫》，電腦很舊，到我家來玩的朋友有做平面設計的，都勸我換個顯示器或者顯卡，說它抖得厲害，但我竟分辨不出來。寫完這部小說，我的視力變得有點糟糕，看東西容易重影。

這部小說在一種憤懣的心情下完成，有很多二十歲時候的影子。奇怪的是，在我二十歲時候並不認為應該抱怨。這部小說也是神經錯亂的，很多章節是在我下班回家的公共汽車上構思的。車通常很擠，載著下班的職員們，筋疲力盡，緩慢地開過黑夜中的城市。所有人都屏息凝神等待下一站到來，像是等待著從牢獄裡釋放出去。

這本書完稿後拖了二十個月才出版。它被貼了一個青春小說的標籤，當時是書商為了銷量考慮，事後我反悔了。它當然不是青春小說這麼簡單的事。我拿到書時心情更差，內頁用了兩種不同的紙張。我對書商說，這品質看上去很糟啊。書商說你該滿意了，你還要我怎麼樣。我想這真是神經得厲害了，連書都是分裂的。

2014年

每寫完一本長篇小說，我都估計自己的文學生涯結束了。它曾經帶給我焦慮感，現在已經不那麼重要了。這年夏天我在青島，看著電影《少年巴比倫》劇組搭景、拍戲。我在片場收到了一包書，包括剛剛出版的《天使墜落在哪裡》以及再版的《少年巴比倫》和《追隨她的旅程》，終於湊成了七十萬字的「追隨三部曲」。

天氣很熱，有一天主演董子健和李夢把我叫到車裡，讓我講一講書裡面的真實情感。我說哪兒有什麼真實情感，小說都是胡編的。演員都很年輕，覺得這小說一定是我的自傳。我一時想不起八年前寫小說時的思路，

路內・追隨三部曲

也想不起二十年前在工廠裡的心情了，一切都是虛構的，一切又似乎溶解在經驗之中。我只能說，我太熟悉化工廠夏季的驕陽了，它讓我覺得活在沙漠裡。

有意思的是，兩年後我再遇到董子健，他說起那年夏天在化工廠拍戲的情景，竟抱以同樣的迷惘。

我在「追隨三部曲」的後記之中寫到，這個主人公路小路是個嬉戲之神。大概就是很小很小的神，卑微的神。他替代了我回溯往昔。當然還有《花街往事》那樣相對溫和的回溯，即使在小說裡，他們也都**義無反顧地走遠**。我相信作家在親自現身講述往昔時總會引起神的嘲笑，因為作家想談論的有可能是永生，永生令人尷尬，有可能只是一群賴在此時此地的人，苦苦地不願消失罷了。

十七歲 送姐姐出門

路內

我們從硫酸廠溜出來，沿著門口那條破碎的柏油路，一直走到312國道口。這裡有一個急轉彎，著名的殺戮之地，每個月都會有騎自行車的人被過往的卡車撞死，或者壓得稀爛，變成社會新聞。每當我們走到這裡，都會感到風特別大，即使在這個陽光熾熱的夏季仍然有一絲涼意，彷彿那些鬼魂壓根就沒離開過，彷彿他們成堆地飄蕩在空中，唏噓著，抽泣著，或只是冷冷地瞪視著我們。

三個月前，我和大飛一起進了硫酸廠實習。身為戴城化工技校八九級機械維修班的學生，我們很清楚，硫酸廠是個什麼樣的鬼地方。這裡很髒，這裡很大，這裡很荒涼，但它的效益還真不錯。在我十七歲的時候，人們總是使用「效益」這個詞，而在此後的那些年裡，那些熱門的詞會消失掉，彷彿他們從未使用過也從未在乎過，這真是奇怪。

揚塵迎面而來，大飛連吐了兩次口水，陽光照得人想死。我表姐莊小雅就坐在大飛的自行車書包架上，本來應該是我馱她的，但我的書包架上次被車間主任張小栓給拽壞了。我失去了好幾次馱女孩的機會，我應該殺了張小栓。

　　大飛可喜歡我表姐了。我們頭一天來到硫酸廠時，我說我表姐在這裡下基層幹苦工，大飛囂張地說：「讓我們去把她救出來。」我在這路口被沙子迷了眼，停車揉眼睛，大飛繼續囂張地說：「你要是停下，你就永遠得在這裡揉眼睛。」揚塵也是這麼吹進了他的嘴巴，他被嗆住了，像是被鬼魂招住了脖子。接著，我們來到廠門口，小雅已經在那兒等了我很久，她身材嬌小，剪了個短頭髮，穿著肥大的工作服，兩肩掛著，高高地挽起袖子，像個革命少女。我找她要了塊手絹擦眼睛。大飛對小雅簡直是一見鍾情，他把手絹接了過去，諂媚地喊了聲姐姐。

　　「你怎麼用我的手絹擦鼻子？」小雅非常不滿。

　　於是這塊手絹就歸大飛了。大飛追姐姐真是太有一手了，他十六歲就在舞廳裡陪老女人跳舞，掙點外快，但是我並不想讓他成為我的表姐夫，這太可笑了。

　　我對大飛說，我表姐是戴城大學的應屆生，她本來應該去什麼機關裡看報紙喝茶的，但她運氣不好，進了這個倒楣的硫酸廠，第一年下基層。大飛說，她是幹部，會調進科室的。我說不一定，誰他媽知道明年會發生什麼呢，她們運氣都不大好。

　　「她爸爸媽媽是做什麼的？」大飛繼續追問。

　　「說出來嚇死你，他們大前年就去美國了，留下我表姐一個人在戴城瞎混。」

　　「為什麼她不去美國？」

　　「因為她年紀大了，超過十六歲，簽證辦不下來。」我說，「美國人規矩太大了，說不給簽就不給簽。」

　　「我表姨也在美國，她說她再也不用回來了，可高興了。」大飛點起了一根煙，他喜歡在硫酸廠裡抽煙。

　　於是我們遇到了張小栓，他是硫酸車間的主任，他揪住大飛的衣領，先是把他嘴裡的香煙拔了出來，扔在地上踩扁，然後破口大道：「你這個傻逼為什麼穿著火箭頭皮鞋在廠裡遊蕩？」

　　「因為勞動皮鞋硌腳。」大飛膽戰心驚地說，「我的腳型只適合火箭

頭皮鞋。」

「換上你的勞動皮鞋！」張小栓繼續吼，大飛低頭哈腰一溜煙跑了。

我的自行車書包架也是張小栓拽壞的，我在廠區騎車，他發現了，這事兒和他沒有關係，應該是勞資科管的，但他覺得他是車間主任有必要管一管，就沖過來拽我的車，我他媽的差點摔死。我決定找機會卸了他。

那一年我們班所有的同學都散落在戴城的化工廠，執行為期兩個月的實習，他們在橡膠廠、炭黑廠、糖精廠為非作歹，打傷了好多人，像一群發瘋的暴徒，沒有人可以制止他們。但是天哪，只有我和大飛流落在這遙遠的硫酸廠，這個到處彌漫著燒焦的糖醋魚的氣味的倒楣的地方。

那時候，我們到硫酸車間去找小雅，她費勁地拖著一袋原料，向反應釜那兒移動，沒有人幫她。灰黑色的車間裡，蒙塵的玻璃幾乎已經不透光了，白班和夜班沒什麼差別，到處都是管子，空間逼仄，像一艘潛艇，在深海中航行著。它究竟要去哪裡，它何時沉沒，沒有人知道，你看到的只是管道，聽到的只是嗡嗡的聲音，彷彿它沒有前行，而它確實沒有前行。

我們想幫她。她說，不用。她仍然拖著一袋一袋的原料在車間裡移動。我們坐在女更衣室門口等她。大飛看看女更衣室，說那板壁的縫隙夠伸一隻手進去了。然後，等小雅回來，我們就指給她看。

小雅說：「我換衣服的時候會關燈。」

可是那有什麼用，我們都知道有流氓打著手電筒朝裡看，也或者他們並不看，只是打著手電筒嚇唬她。那種情況通常發生在夜班，我和大飛實習只上白班，我們保護不了她。

我們在硫酸車間待久了，張小栓又會走過來問：「你們兩個傻逼在這兒幹嘛？」這時我們就必須低頭欠腰，做出很低賤的樣子退出車間，而我的表姐小雅，她並不害怕，她只是扭過頭去不看張小栓，目光注視著黑色的玻璃窗，那外面仍然是管道。她那樣子太高傲了。

大飛可喜歡小雅了，有一次我們去了她家。我表姐的閨房從來不給人

進去的，但大飛進去了，他看到了牆上的一張照片，全是女生，擠在一堆微笑，因為失焦，她們笑得非常模糊，非常夢幻，非常固執。照片的背景是一幢漂亮的大廈。大飛問這是哪兒，我說這是上海，那背景叫中蘇友好大廈。

小雅給大飛削了一個蘋果，她打開答錄機，放磁帶給我們聽。那首歌叫「別在窗前等我」，我記得特別清楚，別在窗前等我，別再走入百里紅塵不醒歸路。有時候，硫酸車間的一個男工也會哼這首歌，他叫奚志常，我們猜到奚志常也喜歡小雅。

奚志常太瘦了，身上所有的關節都凸著，牙齒也不大好，雙目深深地陷入眼眶，顯得深情而陰鬱。奚志常經常蹭到小雅身邊來，他說她的名字來自《詩經》，而他念的是中文系啊。天知道，為什麼中文系的傻瓜會出現在化工廠裡，為什麼他在當操作工。可是小雅並不討厭他，也許他是這個廠裡唯一能和她談點文學的人吧，他們這些人都愛談文學。

張小栓會指著奚志常說：「瘦子，去拉原料。」他從來不喊奚志常的學名，好像這個車間裡所有的工人都不配擁有名字。有一次他喊小雅的綽號，這個綽號是他想出來的，小雅沒有理他。張小栓就對奚志常說：「中文系的，你過來，你想想看叫她什麼好。」奚志常說：「張主任，她叫莊小雅。」張小栓說：「好吧，來，背一背四項基本原則給我聽聽。」

我們也在小雅家裡遇到過奚志常，他顯得更瘦了，他哀愁地看著牆上的照片。大飛一點也不喜歡他，大飛說奚志常你好像很慫啊，我們來策劃一下怎麼弄死張小栓吧。奚志常嚇了一跳，說這麼幹是犯法的，會被送去勞教。大飛又表現得很狂妄，他說弄死一個人不需要讓派出所知道。奚志常說：「可是派出所總會知道的，沒人能逃過法律的制裁。」

事實上，不管法律制裁不制裁，我們都沒有更好的辦法。我說了，硫酸車間就像一艘潛艇，如果你把船長弄死，這艘船據說就會沉掉。其實它不是潛艇，但你以為它是潛艇，你根本沒有那個同歸於盡的勇氣嘛。

奚志常對大飛說：「你不要出餿主意了，我見過你這號的，出了事兒你跑得比誰都快。」奚志常也不喜歡大飛。

後來他說，在這個世界上他不喜歡任何人，他只喜歡小雅。我想他非常深情，我學了這句話泡到過好幾個女孩，直到連我自己都慚愧了，而小雅並沒有和奚志常在一起，她只想去美國。

我表姐是個非常文藝的人，她跟她爸爸一樣熱愛俄羅斯作家的小說，能背出很多超長的名字，全都是嘰裡咕嚕的。好多年前，別人家掛的是中國地圖，她家掛的是蘇聯地圖。她會拉小提琴，會唱冰雪覆蓋著伏爾加河，唱歌的樣子十分憂傷。可她爸爸最終選擇的是美國。這當然無可厚非，美元比盧布有勁多了，而那些俄羅斯小說，都留在了家裡，一本也沒帶走。

奚志常找她借書，借的就是《復活》。大飛說：「奚志常是中文系畢業的，他不可能沒看過托爾斯泰的書，他純粹找藉口勾搭小雅。」我非常驚訝，我不相信大飛會知道托爾斯泰，大飛是個粗人，並且他津津樂道於自己的粗鄙，從來不會為此慚愧。後來他承認，為了喜歡小雅，他也湊到了那些發黴的書脊前面假裝高深，儘管他看了《復活》立刻就會睡著，但他還是堅持著把托爾斯泰和普希金的名字背了下來。

有一天中午張小栓走進車間，大家都在吃飯，張小栓看見奚志常拿著一本《復活》，就說：「車間裡不許看書。」奚志常還沒來得及爭辯，這本書已經到了張小栓手裡，他用力翻了翻，在扉頁上看到了莊小雅的簽名。

「到底是你的還是莊小雅的？」張小栓問。

奚志常說：「主任，我只是把這本書拿在手裡，但我並沒有看啊。」

張小栓說：「我是很公正的，我沒收了一本書，就只能扣一個人的獎金，不能兩個人一起扣。這本書是誰的？」

奚志常說：「是我的。」

張小栓走了以後，奚志常被氣哭了，滿車間的人都一邊扒拉著飯盒裡的米粒，一邊對著他哈哈大笑。後來小雅走了進來，奚志常哭得更厲害了。

第二天小雅是早班輪休，奚志常跑到新華書店，買了一本嶄新的《復活》，然後來到她家。小雅不在，我和大飛蹲在爐子前面正在搗騰一鍋速

食麵。

「奚志常，你是慫逼。」大飛頭也沒抬，就這麼說了出來。

奚志常對大飛完全沒興趣，他只問我：「莊小雅呢？」

我說：「小雅去上海啦，她去辦簽證了。」

奚志常顯得非常驚訝，問道：「為什麼她要去辦簽證？」

「她每隔一段時間，就會去試著辦一辦簽證，」大飛奸笑著告訴奚志常，「只要她辦出簽證，她就會永遠離開這個鬼地方啦。」

奚志常想了想，認真地說：「如果她在辦簽證，你們嘴巴一定要牢靠些，千萬別告訴廠裡。她會走不掉的。」

在夏季來臨之後，有一段很短暫的時間，硫酸廠的所有設備都需要檢修，這時工人是不需要上班的，當然也不能閑著，廠裡分配給他們的任務就是搞衛生，各種各樣的衛生，你可以去沖廁所，可以去鏟石灰，如果你實在無聊也可以去洗一洗煤球，看能不能洗白了。

檢修時，一切停了下來，潛艇終於浮出海面，電弧的閃光在什麼地方亮起，帶著輕微的嘶嘶聲。車間裡那些年代久遠的窗子在很高的位置上，窗玻璃上結著厚厚的灰塵和油泥，由上向下，由中心向窗框，分別有著不同層次的灰度遞增。從很遠處看，那裡透出的光線十分美妙，有點像教堂，遠處鍋爐房傳來的低頻轟鳴甚至像風琴的聲音，讓你產生一瞬間的眩暈。

這時，工人們狂笑著湧了進來，檢修季節就如同一個短暫的假期，他們終於可以不用擔心產量和效益，終於可以不用像碉堡裡的戰士被鎖在重機槍上，他們變得活躍了，一個一個，像年畫上聰明健康的兒童般走了進來，手裡拎著水桶、笤帚和拖把。現在他們要把這個狗地方打掃乾淨。

小雅分到的工作是用一摞過期報紙去擦乾淨玻璃。她吃驚地看著高處，大概直到此時才意識到，它們是可以被擦乾淨的，但這份活顯得過於艱辛，這個車間裡有三百六十塊玻璃，等她全部擦淨時大概檢修期也已經結束了。她回過頭招呼正在掃地的奚志常：「去幫我到電工班借一把梯子。」

她踩著吱吱作響的竹梯，爬上去。奚志常非常擔心，他扔下掃帚，走

過去扶著竹梯。小雅說：「奚志常，掃你的地去。」奚志常說：「隨它去吧。」他的頭上落著簌簌的灰塵，但他快樂極了。這時小雅尖叫了一聲，有一塊玻璃掉了下來，它可能早就應該掉下來了，但你不去擦它，它是不會掉的。整塊的玻璃從三米高的地方像砍刀似的飛下來，正落在奚志常的手臂上，他看了看手臂，玻璃斜著劈開了他的皮肉，立在那兒。血正在噴出來。奚志常咬了咬牙，對小雅說：「你先下來吧，慢點。」

後來，保衛科來查這件事，奚志常什麼都不肯說。他想不起來到底發生了什麼，他失憶了，他不記得莊小雅曾經在梯子上站著。保衛科就說：「如果這樣，你就沒法算工傷了，一切醫藥費都按正常的來，病假得扣獎金。明白嗎？」

奚志常說：「隨你們的便。」

假如像硫酸車間的工人們猜測的，莊小雅會嫁給奚志常，那就大錯特錯了。莊小雅並不想嫁給任何人。有一天下午我和大飛去看她，發現她在收拾東西，把一件一件的衣服塞進了皮箱，又覺得不滿意，一件一件再扔出來。奚志常手臂吊著，看著她做這些，一言不發。答錄機裡一直在放著歌。

大飛問：「你要去哪兒？」

小雅說：「簽證辦下來了。」

她可以去美國了。就像夏天的一朵烏雲飄過來，飄到頭頂，有時帶來暴雨，有時它卻慢慢地離去了，沒有什麼是確定的，但是當雨落在頭頂的一瞬間你將無處可躲，曾經等待雨落下的時間將會立即灰飛煙滅，變得不存在，而暴雨和雷電在你的頭頂，斬斷了你的一切猶豫彷徨。

小雅指著屋子裡的一切，對我們說：「喜歡什麼都拿走吧，我全不要了。」

奚志常和大飛真的站了起來，在屋裡兜了一圈，兩個癡心的傻瓜居然想到一塊兒去了，他們分別要了兩張小雅的照片。氣氛變得有點傷感了。奚志常歎息說：「真是為你高興。」我姐姐拍了拍他的肩膀。這個動作讓大飛嫉妒得想死。

在暑假來臨時，我和大飛也將離開硫酸廠，回到學校裡拿一張成績單，然後流落到街頭。我一想到暑假，就會心跳加速，我終於有時間可以追一追女孩了，我還沒談過戀愛呢，我想如果為心愛的女孩斬斷手臂，不知道是悲慘呢還是幸福。

大飛說：「可憐的奚志常，對他來說一切都結束了。」

三天後，小雅接到了勞資科的通知，讓她去郊區參加一個封閉式培訓，結業以後她就可以到車間裡去做白班了。小雅把我帶到了勞資科，這時我已經全身抽搐，口吐白沫，就差表演得更真實一點把尿撒在自己褲襠裡了。勞資科長嚇壞了。大飛奸笑著說：「路小路有癲癇症，他經常發病。」

勞資科長說：「真的嗎？」

我說：「不不，不是，我是肚子痛啊，我好像是闌尾炎發作了。」

勞資科長對小雅說：「我問你真的是她表姐嗎？」

小雅說：「當然！」

這時大飛已經快笑出聲了，我躺在地上抽得就像跳舞似的。勞資科長揮揮手，對小雅說：「你去車間裡請假，然後把他帶走。」

小雅說：「恐怕來不及了吧。」

我大喊道：「好痛啊，快要死了。」我在地上打了個滾，差不多要用嘴巴啃住科長的鞋子了。科長跳了起來，又揮了揮手。這時張小栓出現在小雅身邊，他疑惑地彎下腰，用腳踢了踢我。

「假裝的吧？」

我實在忍不住了，這夥人比較沒有人性，即使我是假裝的，但以我目前滿地打滾的樣子他們也應該讓我去醫院，而不是像看宰殺牲口一樣圍觀著我。這時我覺得自己的肚子真的痛了起來，我對張小栓說：「張主任救救我。」我試圖往他腿上爬，這次，張小栓也跳開了，他同樣對小雅揮了揮手，但是他又對大飛說：「你就不用去了。」

「張主任，是這樣的——」大飛最後一次諂媚地對張小栓說，「我認為莊小雅根本沒力氣把路小路抬進急診室。」

張小栓說：「那麼莊小雅就不用去了。」

我罵道：「大飛是個連東南西北都分不清的傻瓜啊，他根本不認識醫院在哪兒，他只認識舞廳。」大飛被我激怒了，他走過來用火箭頭皮鞋照著我的肚子上踢了一腳，這次我真的慘叫起來，並且放了一個很臭的屁，把他們都熏跑了。

我們三個人走到硫酸廠門口時，大飛把我從他肩膀上扔了下來，我坐在地上喘了口氣，然後告訴他，總有一天我會踢爆他的蛋。廠門口冷冷清清，鐵門鎖著，被陽光曬得滾燙，外面的灰塵簌簌地撲進來。我們推著自行車，小雅讓門房老頭開門，可是這個老頭，他非常認真，他認真得可以去死了。他要我們拿出勞資科的出門證。

「沒有」我說，「我們沒有這個東西。」

「那我就不能讓你們出去。」老頭說。

我們沒法再回勞資科去開一張出門證，那會露餡。那個中午我們已經被自己的表演嚇破了膽，再也不想回到廠裡去了。我們求了很久，門房老頭拒不開門，最後大飛失去了耐心，他從口袋裡掏啊掏啊，彷彿是要掏香煙，然後走近老頭。老頭說：「不要賄賂我。」大飛說去你媽的，照著老頭的鼻子上打了一拳，把他從露天一直打到了傳達室的小床上，那張床是老頭長年累月睡覺的地方。天知道，為什麼有人喜歡住在門房裡。大飛騎在他身上繼續亂打，然後從他口袋裡掏出鑰匙，打開了硫酸廠的大門，我們跳上自行車揚長而去。老頭在後面大喊：「我要報警，抓你回來。」

「老子去美國啦！」大飛快樂地喊了起來，這時小雅已經跳到了他的自行車書包架上。

正像這個故事開頭所說的，一九九年的夏天，我們騎著自行車，穿過那條狹窄而破碎的柏油路，來到了312國道口。空氣中彌漫著燒焦的糖醋魚的氣味，這種氣味曾經長久地存在於小雅的頭髮裡，不過我想她去了美國，就不會再這麼寒磣了。我為自己的表姐高興，我曾經非常喜歡她，儘管我一點也不瞭解她，甚至猜不出她此時此刻在想什麼。公路邊的草葉子

上沾滿了灰塵，無數卡車呼嘯著經過我們眼前，只要穿過312國道，再過一座橋，前面就是小雅的家。我們順利地逃出了硫酸廠，莊小雅將會奔向一個美麗新世界，而我將奔向一個無所事事的、充滿冒險想像的暑假。我們穿過了國道，有那麼一個短暫的片刻，我們三個人同時回望，看著硫酸廠高大的穹頂設備，那兒冒著白色的蒸汽，像雲一樣。我們幾乎是被這個景象給惑住了，同時變得沉默起來。

我們提了行李，從小雅家裡出來，聽到急促的自行車鈴聲，那個悲劇性的男人奚志常追了上來。

「為什麼你他媽的就不能留在廠裡替我們打個掩護？」大飛吼道。

奚志常仍然吊著胳膊，單手把著自行車，他捏了車，然後歪歪扭扭地停在我們眼前。

「你們把門房給打了。」

「沒辦法，」大飛聳肩說，「最後一關總是要使用暴力的。」

「你們還嚷嚷要去美國。」奚志常說，「廠裡已經知道了這件事，他們派了人四處在找你們。有一些幹部正在找過來，還有一些往火車站去了，要堵你。」

我那位高傲的表姐，剛才還鎮定自若，還帶著去往美國之前的夢幻表情，瞬間就嚇破了膽，她撒腿就跑，被我們三個人揪了回來。她都快哭了。

「我不能再回去了，他們會管住我的。我檔案什麼的全都不要了，這算不算潛逃？」

「這不算。」大飛說，「你又沒犯什麼事兒，你只是去美國。」

「可他們還是會管住我，他們以為我犯了什麼事兒。」小雅一屁股坐在地上，「我要去美國，我要去美國，我要去美國。」

奚志常說：「你立刻去上海，立刻。」

這時已經有兩個鬼頭鬼腦的幹部騎著自行車出現在新村門口，數著房子上的號碼，但是夏季的濃蔭擋住了那些褪色的號碼，他們只顧抬頭看著。趁這工夫我們四個人一溜煙鑽進了樹林裡，直到他們真的走進了樓房裡，我們才躡手躡腳，搬著箱子，推著自行車，像賊一樣跑出了新村。我

們折返到了橋上，遠處是312國道，天氣非常熱，再多站一分鐘我都會昏厥過去，然而我們竟想不出應該怎麼辦。

小雅猶豫地說：「我是不是應該躲幾天，然後再去上海？」

奚志常說：「不，我們都猜不到會發生什麼。到國道上去攔車，去上海吧，莊小雅。」

那個夏天留給我最深的印象就是站在國道邊，那是一無所有之地，周遭的一切都像是被陽光給轟炸過了，變得扁平，變得高光，公路上的卡車帶來了僅有的一點氣流，而它們屁股後面噴射出的汽油味讓我倍感焦渴。我們像錄影片裡的美國人一樣，在公路邊伸出手，企圖攔下一輛向東開去的卡車，但它們怎麼可能願意停下？這讓我絕望，我想他們也很絕望，每當我想起那個夏天，這一印象就會從最深的地方跳出來：我們絕望地站在路邊，對著卡車和灰塵，對著漸漸向西的太陽，伸出手，彷彿我們是沉入了沼澤，而虛空中會有一個人來拯救我們，我們無聲地喊著救命，渴得眼淚都快流了出來。

下午兩點多時，我們看見一批從硫酸廠下班的早班工人，騎著自行車從眼前經過。他們沒注意到我們，但我們已然魂飛魄散。忽然，奚志常像是失去了理智，他撲向公路中央，張開右臂，企圖攔住一輛搖搖晃晃開來的卡車，瞬間傳來驚人的車聲，砰砰砰的，但是卡車速度並沒有減緩多少。它根本停不下來。小雅尖叫。我想奚志常真是瘋了，愛她愛瘋了。

當卡車逼近時，他才開始向後退，但是並不打算讓路。那車一直向前趨了二十多米才停住，從駕駛室裡伸出一個司機的光頭，指著他大罵：「奚志常我操你祖宗！」我們繞到車左側去看，奚志常沒事兒，而那個光頭司機，原來是硫酸廠的小曹。

奚志常跳到卡車踏板上問：「去哪兒？」

小曹說：「去上海運貨！操你祖宗！」

這下我們都樂了。奚志常說：「幫個忙，把莊小雅捎到上海去。」

小曹說：「你別以為我不知道，你們鬧事兒了，廠裡搞不清你們想幹

嘛。」

奚志常說：「沒什麼大事兒，莊小雅要出國了，不想讓廠裡知道。」

小曹說：「出國就出國唄，你們居然還把門衛給打了。不過那個老傢伙我早就看他不順眼了，為什麼不打死他呢？」

奚志常從口袋裡摸出錢包，非常艱難地用一隻手掏出了所有的錢，給了小曹，然後說：「把莊小雅安全地送到上海去吧，這兒的事情我兜著，絕對不會出賣你。」

小曹接過錢，說：「我怕什麼？我早就不想幹了，秋天我就辭職去南方跑貨運了。我怕什麼？你說我怕什麼？」

奚志常笑了，「是的，你什麼都不怕。」他從踏板上跳下來，繞到車右側，打開了車門，讓小雅坐到副駕上。大飛把她的皮箱送了上去。然後，奚志常為小雅關上了車門。

莊小雅溫柔地說：「謝謝你，奚志常，還有大飛，還有路小路。」

我說：「你主要謝謝奚志常吧。」

莊小雅說：「我會永遠記得你的，奚志常。」

奚志常抹了一把臉上的汗水，他像是發愣了，我也不知道他那種表情算是什麼，也許是遺憾，也許是傷感。這時小曹大聲說：「莊小雅，我一直暗戀你的，但是不敢說出來。能送你去美國，我感到非常榮幸。」他發動了汽車，奚志常忽然大笑起來。這輛運原料的儲罐卡車搖搖晃晃地向東開去，兩三個小時後，它將到達上海，但我感覺它是不會停下來了，我表姐是坐著儲罐卡車去了美國。車屁股後面有醒目的兩個大字：危險！

直到那車消失了，我才對奚志常說：「結束了。」奚志常沒有回答我。我說咱們要不去喝點啤酒吧，奚志常仍然不說話，他跨上了自行車，獨自向西離去。他什麼都不想說，我沒再遇到這傢伙，沒人知道他去了哪裡。

這就是我表姐逃亡的故事。過了好幾年，她在紐約念書，打電話回來問我：「奚志常有消息嗎？」我說沒有啊，我甚至都沒有回硫酸廠去打聽一下，我後來分配工作的時候也沒選硫酸廠，我怕死那個地方了。

我活到二十四歲時變得身心俱疲，那時總算有一個女孩喜歡上了我，她比我大幾歲，也在化工廠上班。有一天我們幾個人在一起喝酒，大飛說，不知道小雅姐姐過得怎麼樣。我說我非常懷念奚志常，他是我見過的最堅定的情種，要是他長得帥氣一點，我姐姐還真不一定會去美國，也許就嫁了。大飛還是那個吊兒郎當的樣子，他故作沮喪地說，是的，老子輸給奚志常，這王八蛋把事情做絕了。

　　我女朋友說，其實小雅完全不必這麼逃走，因為說實話，廠裡最多只是問問情況，不會拿她怎麼樣，廠裡無權限制小雅的人身自由。我說是的，那麼逃走太傻了，但那天我們實在是嚇破了膽。大飛說，我還記得奚志常說過的那句話，你猜不到會發生什麼。他又補充說，你十七歲的時候猜不到，你二十四歲的時候還是猜不到。

　　我說我一直記得有一年，小雅帶我去上海玩，她有很多朋友都在上海念大學，她們長得相當可愛。那個年代的大學生有一種神聖的錯覺，走在街上簡直是供人瞻仰的，這當然很不好，如果很過分的話會令人厭惡，但是她們並不討厭，還是很可愛的。也因為我是小雅的表弟，我木訥而傻逼，講話結巴，眼神可憐巴巴，特別招她們喜歡。她們之中偶爾還竄進來個把男生，非常興奮，做出很風趣的樣子，假模假式，一塌糊塗。我記得有個燙頭髮的男生還戴著墨鏡，盲人似的，他那個瘦了吧唧的樣子和奚志常特別像。這些人在學校裡發出巨大的喧嘩。學校很漂亮，和我們那倒楣的化工技校完全兩碼事，我走了一圈就迷路了。我曾經想過，念高中，也考到大學裡去，可惜我們家太窮了，我媽連我的生活費都負擔不起，沒辦法，老子只能去工廠做學徒。如果不是因為這些亂七八糟的原因，我說不定真的可以念個大學呢，哪怕野雞大學也不錯，那可以讓我虛度時光，而不是像現在這樣為了下崗而發愁。

　　後來，我陪那些姐姐們上街，小雅也在其中。我們走了很遠的路，走過淮海路，走過人民廣場，走過南京路。她們越走越精神，我快累趴了，我穿了一雙硬底皮鞋，為自己的帥氣付出了代價。走到最後，我像一隻在熱鐵皮上跳舞的鴨子，實在撐不住了。其中有一個女孩拉著我和小雅走到

一條夾弄裡，她請客，我們三個吃了碗餛飩，她吃不下，還勻了幾個給我。我坐在夾弄裡看風景，兩側的房子很高，全都是西式的，殖民時代的遺跡。那女孩說，走吧，繼續往前走。我說我真的走不動啦。那女孩說，你無論如何要再走一會兒，前面就是中蘇友好大廈啦。

於是我跟著小雅，還有那個女孩，忍受著腳痛，繼續走。我姐姐年輕的時候特別無所謂，大大咧咧的，她是進工廠以後才變得沉默高傲，奚志常也許很喜歡她的沉默高傲，但事實上，她不是這樣的人。她在延安路上走著走著絆了一跤，皮鞋都飛出去了，我替她撿回了鞋子她還在笑。我再回頭去找，那個請我吃餛飩的女孩，已經不知道走到什麼地方去了。

那時候小雅還留著長髮，她是進廠以後才把頭髮剪了。我跟著那一頭長髮，拐著腿走到了中蘇友好大廈，有好幾個女孩已經先到了，她們站在那兒等她。有人給了我一台相機，讓我幫忙拍照，無數女孩稀裡嘩啦地排成一行，取景框裡都裝不下。我搗鼓了一下，快門按不下去，旁邊走過來一個男生，把相機拿了過去，替她們拍了幾張照片。女孩們一起喊，茄子！我呆呆地站在一邊，看著他們完成了這個動作。

那次拍的照片，後來寄回到了小雅手裡，她把照片裝在了鏡框裡。這些女孩全都消失了，我再也沒有遇到過她們，即使遇到，也不會記得了。我對大飛說，那張照片不在你手裡，當年是奚志常拿走了。大飛說，便宜那小子了。我說，不不，這張照片可珍貴了，給了你才他媽是浪費，你完全不理解，也不可能理解，你僅僅是被她們超乎想像的美麗而震懾，然後感歎一下時光飛逝，她們可能都老了，諸如此類。是的，她們當然會老，變得像歷史一樣可以被人指指點點，但這並不重要，重要的是你沒得到那張照片，它被奚志常帶走了而你根本不知道奚志常去了哪裡。

【原發表於《萌芽》，2016年1月】

十七歲的成長
讀路內〈十七歲送姐姐出門〉

金理

在記憶與遺忘的問題上如何選擇，決定我們會成為什麼樣的人，然而個體記憶本身並不是自明的，一個人記住的過去，很大程度上是被社會參與建構的，個體所記住的，只是其所在的社會早已挑選出來需要社會成員記住的那些價值、事件。如此說來，個體對記憶完全喪失了支配權？未必，「在個體記憶與社會記憶的關係上，雖然個體記憶在某種程度上易於被社會地得到調節，但並不必然會被社會所決定。仍然還有空間可以運作。所有的我們都擁有主導的心理圖式之外的殘餘的圖式框架，這會有助於我們看到主導圖式所不允許我們看到的生活的其他方面。由此，我們就可以突破由主導圖式所決定的僵化的、傳統的記憶，使我們在恢復我們自己的過去中贏得屬於我們自己的空間」[1]。

路內的短篇〈十七歲送姐姐出門〉碰觸的是當代中國大陸的話語禁忌，「如果歷史學家被聘為官方記憶政治的官員，那麼回憶任務就轉到了文學身上。」[2] 路內不想讓1989年的夏天，因為被賦予禁忌色彩而成為一代人的「意義黑洞」，儘管他自身並不是直接當事者，但是這一事件的歷史記憶和情感態度所遺留的癥結其實很難徹底消除。我們這一代人對於自我主體的想像，甚或今天依然身陷其中的價值困境，未必不和當初相關，儘管當年只是不涉世的旁觀者。比如，當下青年人創作中一再出現單薄、狹隘、沒有迴旋空間的個人形象，與當年知識份子廣場意識與啟蒙精神膨脹到極點的潰敗後，再無法凝聚起批判能量，未必沒有關聯。

我之所以看著路內這個短篇，並不僅因為其勇敢地觸碰到了「禁言之物」，否則就落入了「題材決定論」。從文學的角度，凝視歷史創傷與不刪減文學的豐

富性如同一架不時傾斜的天平，考驗著作家的能力。昆德拉曾經批評奧威爾的《一九八四》：「把一個現實無情地縮減為它的純政治的方面：我拒絕以它有益於反對專制之惡的鬥爭的宣傳作為理由而原諒這樣的縮減，因為這個惡，恰恰在於把生活縮減為政治，把政治縮減為宣傳。」[3] 同樣，布羅茨基認為，巨大的悲劇經驗，「敘述一個大規模滅絕的故事」，往往會限制作家的能力與風格，「悲劇基本上把作家的想像力局限於悲劇本身，……削弱了，事實上應該說取消了作家的能力，使他難以達到對於一部持久的藝術作品來說不可或缺的美學超脫。事件的重力反而取消了在風格上奮發圖強的欲望」[4]。以此來衡量，路內在此篇中運用反諷甚至不乏搞笑的語調，實則是在摸索沉默與再現之間的美學張力，嘗試同「事件的重力」進行搏鬥。

「我」和大飛是化工技校八九級學生，表姐莊小雅是硫酸廠的工人，後者已經辦出了赴美簽證，但是因為擔心工廠限制其出國，只能不辭而別，小說寫的就是我們幾個小夥伴護送姐姐逃離硫酸廠的故事。姐姐莊小雅屬於路內筆下「美麗的女孩子」這一譜系（還包括《少年巴比倫》中的白藍、《追隨她的旅程》中的小齊、《雲中人》中的小白與咖啡店女孩等）。她們有些共同特徵：愛好讀書、文學，文藝氣質，與周圍的環境格格不入。她們承載著青春詩意、另一種生活的可能。一方面，少年人在「美麗的女孩子」身上投射的愛意，成為他們「追隨」的動力，如同歌德所言：「永恆之女性，引領我們上升」；但另一方面，美人易逝，〈十七歲送姐姐出門〉中有張女孩子們合影的照片（讓我聯想起《紅樓夢》中金陵十二釵判詞，這張照片的功能，後文會詳加分析），後來照片不見了，女孩們也全部消失了，不免讓人感慨美好的時光一去不返。但還有一層較為複雜，路內又似乎警惕某種過於理想化的幻想符號，甚至不乏對表姐最終選擇的逃逸於歷史之外的超脫姿態的質疑。

趙園曾指出：「在一定意義上可以說，現代文學的形象世界，主要是青年的世界」[5]，在這一形象世界中，以「弟弟」為主人公或主題意象，構成一個綿延不輟的重要子類目。路內似乎很喜歡設置「姐—弟」這樣的人物結構，比如〈十七歲送姐姐出門〉、〈阿弟，你慢慢跑〉，包括「追隨」三部曲中的白藍和路小路（儘管他們不是血緣、親屬意義上的姐弟）。這一類人物形象結構之所以有意味，首先是彼此間關聯式結構的特殊。「姐姐」往往以頗有家庭氣息的倫理姿態出場，從旁對「弟弟」加以冷靜觀察或理性說服；又由於「姐姐」畢竟不同於高高在上的父母，往往能更體貼「弟弟」的困境。其次在這一人物關聯式結構中，「弟弟」往往是有待拯救的「問題個人」，姐姐之於弟弟，往往展開啟蒙、引導、拯救，「追隨」三部曲中白藍可以視為路小路的精神啟蒙老師。〈十七歲送姐姐出門〉好像顛倒了上述關聯式結構，是弟弟們合力解救姐姐，幫助姐姐抵達彼岸，而弟弟則留在了原來的世界。不過又不這麼簡單，那年夏天姐姐帶「我」去上海玩，見到很多她的大學生朋友，於是，「我陪那些姐姐們上街」──儘管還是懵懵懂懂，甚或出於偶然、無意，姐姐卻提供給弟弟一個具體的介入歷史的契機，我甚至覺得，這是姐姐留贈給弟弟的一筆「歷史的遺產」。再次，1980年代以來，在中國當代青年文藝的表達中，「姐姐」往往是一個潛藏著創傷記憶的意象符號。最具代表性的，莫過於被稱作「一代人精神畫像」的張楚的《姐姐》：「姐姐我看見你眼裡的淚水／你想忘掉那汙辱你的男人到底是誰⋯⋯」，歌詞中的「我」和「姐姐」共用著一段沉默以對、無法被正面講述的隱痛，「這個個體在1990年代初，開始回顧自身的成長，他離開一個威權、專制的家，懷著屈辱，牽著姐姐，想要回到一個新的家」[6]，準確的說，「牽著姐姐」，逃離一個原來的「家」──不僅指家庭、父親（張楚歌裡唱道：「我的爹他總在喝酒是個混球」），也指威權體制

和暴力奴役；找到一個純粹、精神安棲的「家」。路內的小說重演了上述護送姐姐逃逸的故事。

如此說來，小說表面上敘述姐姐的逃離，實則是寫「我」的成長。護送姐姐逃出硫酸廠，此行一路艱辛，騙過勞資科長、闖門房時揮起拳頭、躲過趕來堵人的幹部、在國道上攔車，直到後來領悟照片的意義……這一關關的波折，如「通過儀式」一般見證「我」的精神成長。

所以最後我們必須來談談敘述者「我」。小說的標題讓人想起余華的〈十八歲出門遠行〉，一般我們把十八歲理解為成年的開始，在姐姐的逃亡故事之外，小說還寫到了另外一個故事，未成年的「我」如何「遭遇歷史」。整部小說中「我」一直卡殼於成年之前（如標題所言十七歲）的未成熟狀態。只有在一個地方，「我」的敘述視角被突破了，就是最後提到女孩子們合影的照片被奚志常拿走了，大飛說，便宜那小子了，接下來「我」說了一段有點不太像出於「我」的口吻的話——「不不，這張照片可珍貴了，給了你才他媽是浪費，你完全不理解，也不可能理解，……」，這段話，固然是「過了好幾年」後「我」的看法，但與其說是對當年的歷史有了「自覺」之後的「我」的領會，毋寧說是作者壓在紙背後的表達，在卒章之際終於爆發了出來。

這層隱衷，路內在一次訪談中提到了：「弟弟看到了歷史，但那個歷史被凝固在了相片中，而姐姐的出走更像是一個驚弓之鳥，她反照了歷史，卻也逃脫了歷史，她溢出於相片，而那些留在相片裡的姐姐們，被另一種過時的美學禁錮了。」[7]「相片」作為從過去的世界中孑遺、脫身出來的「物證」，由此成為一種典型的「記憶的意象」，其意義在於：首先，這張相片如同「小瑪德萊娜點心」，往昔的記憶在偶然中被具體的物象喚醒，「記憶由於其具體性、現場性以及情感性註定了是同抽象相抗爭的最好方式，正是記憶的具體性逼迫我們去直面，而只有通過這種直面才可能真正把我們引入歷史原初情境」[8]，

借用作家的夫子自道，路內希望這張相片不要成為抽象的「美學禁錮」，而是轉為啟動記憶的媒介，引領我們回到那年夏天，大街上一群美麗的女孩子……其次，相片如同遺物／斷片，是一個逝去的對象身後留下的東西、一個已經瓦解的整體殘存下的部分，「在我們同過去相逢時，通常有某些斷片存在於其間，它們是過去同現在之間的媒介，是佈滿裂紋的透鏡，既揭示所要觀察的東西，也掩蓋它們」，它們「偶然地從那一度存在的主體上脫落下來，成了現今這個異己的世界的一部分」[9]。路內如同《詩經·黍離》中在湮沒的廢墟上踽踽獨步的那個人一樣，誘導我們去關注殘存的遺物／斷片，提醒我們不要忘記那個消逝的年代。再次，相片雖然是小物件，但卻是大歷史的一則「碎片」，路內將某種「風流雲散」的深沉感慨寄託於相片之中，甚至可以說埋藏了他成長過程中的創傷，與時下流行的青春小說或電影不同的是，路內於此顯現的已非個體或自然的創傷，而是與集體、歷史的創傷體驗結合在一起。

【金理，上海復旦大學中文系副教授】

註

1　大衛·格羅斯《逝去的時間：論晚期現代文化中的記憶與遺忘》，和磊編譯，《文化研究》（第11輯）第55頁，社會科學文獻出版社2011年6月。

2　阿萊達·阿斯曼、揚·阿斯曼《昨日重現——媒介與社會記憶》，陳玲玲譯、丁佳寧校，《文化記憶理論讀本》第42頁，北京大學出版社2012年1月。

3　米蘭·昆德拉《被背叛的遺囑》第207頁，孟湄譯，上海人民出版社1995年12月。

4　布羅茨基《空中災難》，《小於一》第235頁，黃燦然譯，浙江文藝出版社2014年9月。

5　趙園：《艱難的選擇》第220頁，上海文藝出版社1986年9月。

6　王翔：《「個人抒情」的社會批判》，《天涯》2016年第3期。

7　路內、金理：《夢裡的荒涼和美是同一件事》，《萌芽》2006年第1期。

8　吳曉東：《回憶的詩學》，《從卡夫卡到昆德拉》第56頁，三聯書店2003年8月。

9　宇文所安：《追憶》第76頁，鄭學勤譯，三聯書店2004年12月；巫鴻：《走自己的路：巫鴻論中國當代藝術家》第184頁，嶺南美術出版社2008年5月。

那些孤寡殘弱者的抵抗與救贖

讀路內《花街往事》

黃文倩

上海文藝出版社

一

　　路內（1973-）的長篇小說《花街往事》原發表於2012年的《人民文學》雜誌，2013年由上海文藝出版社發行後，隨即獲得2013年《人民文學》的首屆新人長篇小說獎。2016年台灣《文訊》雜誌評選新世紀「2001-2015華文長篇小說20部」，此作亦雀屏中選，某種程度上，說明了《花街往事》在路內的創作史上的重要性，以及它在二十一世紀初期的兩岸文學圈的代表意義。

　　在《文訊》所作的專題報告中（2016年3月），收錄了上海復旦大學中文系金理所召集的評選會議紀錄，其中一位學者／專家劉志榮曾指出對《花街往事》的一些理解：「是一部融合集體記憶與個人記憶的作品」，又說：「路內從青春抒情中緩步走出，以花街一隅，書寫『文革』至一九九〇年代的社會變遷，時代的洶湧與人性的明暗，盡入眼底。」此言有理。然而，當我進一步瀏覽完路內的相關代表作（如路內的「追隨三步

曲」——《少年巴比倫》、《追隨她的旅程》及《天使墜落在那裡》），並仔細讀完《花街往事》後，我認為前者所作出的詮釋，雖然確實可以概括路內此作的特質，但嚴格來說，以大陸當代文學有著社會主義與現實主義的傳統，採用集體記憶與個人記憶為書寫方法，甚至以流變史的方式，或反映或表現社會、時代與人性關係，均為不少當代作家所共有，因此若放在大陸當代文學史的譜系來看，《花街往事》的特殊性可能仍未被道盡，所以本文尚能再展開一些分析。

《花街往事》全書共分八章（路內的用法是八「部」）:〈當年情〉、〈相冊〉、〈跳舞時代〉、〈瘋人之家〉、〈胖姑結婚〉、〈痴兒〉、〈日暈月暈〉及〈光明〉，如果仔細閱讀的話，不難發現每章主要均以底層的孤寡殘弱的人物們為核心，表現這些人物的命運片段的同時，一併反映上個世紀六〇年代至九〇年代的各式日常存在、情感狀態、社會變遷與歷史景觀。

第一部〈當年情〉處理文化大革命時期的一些底層的革命情感，首先出場的是一個國營肉店的營業員方屠戶，他是「我」爸爸的唯一的朋友，而「我」爸爸則是國營光明照相館的職工。首部的重點在寫方屠戶跟「我」未來的母親的妹妹——紅霞小姨，在文革間的一段故事與感情。方屠戶是一個賣肉的，紅霞小姨則是在文革中積極求表現的小紅衛兵，根本看不上方屠戶，但方屠戶一直私心戀慕著紅霞。若在某種「正常」世俗的條件下，兩人大概不太可能有什麼交集，但由於文化大革命廣泛地遷動社會的各種生活與日常，連像「薔薇街」這種小地方都深受影響，因此方屠戶得以有機緣在混亂的文革武鬥中，偶爾能跟紅霞小姨產生交集。以致於他人到中年後，回憶起這一切時，仍覺得既美麗又狂暴:「她的名字就像他用鼻血寫在牆上的樣子，在他年輕的時候曾有一晚上看著它，屋子裡亮著一盞燈泡，很多飛蛾從窗口的鐵柵欄縫隙中鑽進來，有一只還挺大的，

停在名字上面,平攤著兩個眼睛似的翅膀。」革命的意義之於方屠戶,恐怕更多的是一種強烈的感情。

第二部〈相冊〉及第三部〈跳舞時代〉反映了八○年代興起的個體戶與跳舞熱的發生、普及與退潮。〈相冊〉歷史時間從第一部分的文革時期,一路寫到改革開放的八○年代,交待1984年「蘇華照相館」的歷史,「蘇華」是「我」的父親以死去的母親的名字命名的。那時候的父親仍相當的俊美,妻子死後無意續弦,開始練習舞蹈,後來甚至去教人家跳舞,是在改革開放初期的最早的個體戶與時髦人物。第三部〈跳舞時代〉除了描述「我」的父親在改革開放初期一方面繼續做照相館,二方面教人家跳舞的世俗公共意義──能夠認識較多的人,也能聯繫並獲得許多有形無形的現實好處,許多本來覺得跳舞不夠正派的人民,均紛紛轉向來找他學舞,因此可以看作成一種勾連八○年代底層市民生活跟社會風氣變化的書寫。這一章也處理了方屠戶後來的命運,方屠戶竟然也找「我」的父親學跳舞,快速地跟上了時代的潮流,昔日國民黨和資本家的生活作派,再度移植到小市民的日常裡。

第四部〈瘋人之家〉開篇就寫1970年代的水災,這篇的主人公穆異亦出生於這個時期,似乎要以時代的災難預言後來的個人被霸凌的災難。第五部分〈胖姑結婚〉寫改革開放後世俗化的擇偶標準和底層人民的日常景觀,第七部〈日暈月暈〉寫八○年代文藝圈的自由串聯,以及並非多有深度的文藝青年的浪漫生活,第八部〈光明〉則綜收前面的各章,藉由「我」與昔日「追隨」的女生羅佳的再相遇,透過翻閱相冊與觀看火炬的形象,一方面召喚昔日混沌混亂但也純潔的青春靈光與精神,二方面也以此作為面向九○年代資本主義興起下的某種安頓與救贖。

而究竟何謂「花街」?小說中其實並沒有這樣的一條街,而只有「薔

薇街」，有花的意義，但之所以被稱為「花街」，是因為九〇年代後，這條街成了一些風化工作者進駐的所在，再加上附近還有「白柳巷」，「花街柳巷」之名就此發展起來。然而，路內想要寫的恰恰是它們的前身，所以小說才會被命名為「花街往事」——以強調與回顧「花街柳巷」的風化前的純淨歷史。

此外，就視角的特殊性上，儘管過去也有學者與批評家曾言及《花街往事》每部／章採用不同的視角，甚至可以說有複調的聲音，但我以為，這整本小說主要仍以「我」為敘事核心——作者一方面使用全知，大幅形象化每個孤寡殘弱的人物命運與歷史景觀，二方面也讓角色們自行發聲，並且與「我」互動，讓「薔薇街」及其周邊的底層與弱勢者的生命、感情與內在聲音，挺立他們自身微弱的主體性。從這個角度而言，儘管小說並無法提出與解決這些孤寡弱勢者的各種底層困境，但豐富地表現他們被同儕、家庭、社會、歷史霸凌下的不堪與抵抗，在一個「小時代」為主流的21世紀初期，不能簡單地說其毫無「進步」。

二

自九〇年代大陸高度資本主義化發展以來，城鄉與貧富差距日趨嚴重，科層體制與官僚資本再度同構化，有良知的作家，恐怕很少不意識到底層或「被汙辱與被損害者」書寫的重要性，王安憶的《富萍》（2000年），便是新世紀初期這種思潮下的重要代表作之一，晚近的「非虛構書寫」的弱勢者的題材（如農民工、工人、移工等等）的再強調亦如此。然而，《富萍》以鄉下進城的「富萍」的幫傭及其成長為核心，其它角色多在襯托與成全富萍，路內的《花街往事》中的底層人民則更為多樣。同時，相比於碎片式的保留與描繪六〇至九〇年代的社會與歷史景觀，路內

此書寫的較好也較有價值之處，也大抵是這些孤寡殘弱者。

　　主要人物包括：國營肉店的營業員方屠戶，由於出生卑微而難被女性青睞；出生即身體即有歪頭殘疾的敘事者「我」；中年體重過胖又有病一直想嫁人卻嫁不掉的胖姑；因為有一個精神病父親，以致於總是被霸凌的孩子穆巽；聾啞人方小兵；容貌美麗但在學習與世俗能力均不足，以致於從小就被師長惡意嘲笑的羅佳……等等。路內對他們似乎充滿悲憫，投以細緻的共感移情，並且透過同樣也有著先天身體殘缺──歪頭的敘事者「我」來訴說故事。但「我」何以能理解？路內塑造的「我」，比小說中的其它孤寡殘弱者幸運一些，雖然身體有殘缺，但「我」自小還曾經接受過比較多的鼓勵和關愛對待，實際所遭逢的歧視不若其它角色那麼嚴重，精神並未完全被擊倒，也因此，他才得以用平視的眼光，來感應「薔薇街」中的各種人事與情感的變化，以及各種的孤寡殘弱者的生命狀態。

　　例如小說的第二部寫「我」喜歡的女孩羅佳，她是一個自小就備受師長欺凌的女孩，雖然長得漂亮，但由於什麼都不會（世俗意義上的），因此常常被老師嘲笑，敘事者用「我」的眼光，來見證這些師長對羅佳的傷害：

　　美術老師發現她是色盲，綠和藍分不清，音樂老師發現她是音盲，唱歌基本跑調，體育老師發現她沒有一點運動細胞，連跳高都學不會。……有一次馬老師惡毒地嘲笑羅佳：一個長的不錯卻什麼都學不會的女孩子，她長大了只能去做……馬老師發出一聲冷笑。男孩心想，**她長大了只能去做冷笑的職業嗎**？（粗體為筆者所加）

　　這段文字產生了一種文學效果──「我」不但看出「師長」、大人們以各種外在條件判斷人的價值的世俗性，還敢於以一種諷刺來坦露對馬老

師的嫌惡——即使自身弱小，也並不臣服於成人的功利邏輯。同時，第二部的結構設計，也在突顯人的感情——與第一部分節的1、2、3的編號邏輯明顯不同，第二部的小節以各種情感狀態命名，包括黯然、迷惘、哀傷、啜泣、驚駭、失望、嘩笑、狂暴、驚異、癲狂、歡喜、悲慟，最後收在「羅佳」，可以看出作者對人的情感存在與意義的再強調——這些老師之所以會那樣對待羅佳，恐怕就是遺忘了人還有感情的存在吧。

第四部〈瘋人之家〉反映了一個名為穆異的男孩的另一種被霸凌的命運——因為他是傻瓜的兒子，但是，這裡的傷害，比之羅佳有過之而無不及，他不但在學校被同學欺負，更關鍵的還來自於同為底層的家人間的彼此的惡意與傷害——穆異的母親儘管在醫院中插了鼻管，但看到學業表現不好而回來看她的穆異，也幾乎毫不留情地批評他：「你為什麼不表演個啞劇？」本來就是個長期被霸凌的年輕小孩，本來還存在著一點點願意去探望家人的溫情，但就在這樣至親長期的冷酷對待與磨損下，最終接近精神崩潰。小說寫到穆異在被母親批評後終於離家出走，成日在戴城游蕩，最後選擇走向一個大家都不認識他的地方，孤獨地扮演著古裝劇中的小廝，而「我」即使再看到他，也不願把他的行蹤告訴長輩。因為「我」似乎隱隱中明白，由於底層人民長期生活的艱困，導致麻木與難以交流，因此，讓穆異繼續出走（用路內自述中的話：「義無反顧地走遠」），很難說不是一種讓底層人民降低彼此傷害與生命困境的方式，從這個角度來說，穆異仍是一個善良溫厚的孩子，以自我救贖解放自己與親近的他者。

第五部〈胖姑結婚〉寫已經三十七歲還嫁不出去的胖姑，長年在軸承廠做車工，又窮又胖，心臟不好，還有有糖尿病，雖然喜歡「我」的爸爸，但自知條件不好，發現「我」爸爸已經愈來愈有錢後，反而刻意跟他疏遠，用路內敘事者「我」的眼光，他看見胖姑「偶爾會拐進蘇華照相

館，看一看我和小妍，打個招呼，然後把自己挪走。」這裡的「挪」字用的甚佳，帶有一種底層人民自我物化的自貶與自尊，反而能引發人的憐惜與敬意。但胖姑仍是想結婚的，小說設計一個叫「烏青眼」的人出場，他是做死人生意、開壽衣店的人，胖姑一聽是這樣的人要替自己作媒，自己也甚為嫌惡，但烏青眼也一樣瞧不起胖姑，他更為露骨地直接說：「別以為殘疾人就稀罕你們正常的，胖，也是一種殘疾。」儘管作者最後安排讓烏青眼與胖姑能相濡以沫在一起，但從情節處理及核心思想來看，這部分的形象說服力實在並不很大。

至於在第六部〈痴兒〉中，寫一個叫方小兵的聾啞人與「我」的交往——由於長年在底層的霸凌文化下成長，人與人之間彼此瞧不起與涼薄，「我」幾乎已經習慣被傷害，甚至慢慢發展出一種以沉默、陰鬱，卻不狂妄的方式來回應這個世界，但方小兵並非能完全無感，即使他是一個聾啞人——或許聽不見是非，也無法製造是非，但是對少有的朋友卻很專注且忠心。當「我」以各種奇特的機緣與羅佳重逢，甚至繼續想爭取及陪伴羅佳渡過她的難關，儘管仍被身邊的人嘲笑與羅佳的美完全不搭配，但仍有一個方小兵願意跟「我」一起分擔世俗的惡意，使「我」的生命意義得以並非完全被虛無化。甚至，當方小兵看著「我」喜歡的羅佳跟我漸行漸遠，還敢直接去找羅佳表態，以致於被羅佳身邊的其它男人打了回來，終於令長期被霸凌的「我」感受到一絲有義氣的例外溫暖，令「我」似乎也升起新的勇氣。

三

路內究竟如何理解這些孤寡殘弱者的出路？——誠如上面已然提過的形象個案，底層之間的霸凌有過之而無不及，溫暖只是一種例外。很明顯

的，無論是小說寫到的六〇、七〇年代的社會主義時期，還是改革開放的八〇、九〇年代初，那種歷經社會主義革命的主體——弱勢者親同一家、聯合起來一起對抗一個更大的集體或社會霸權的可能，在小說中幾乎不存在。那麼敘事者「我」跟以上的這些主人公們，能活下去的力量究竟是什麼？

路內大概不相信任何來自於集體力量的救贖，他選擇了更為個人化的主體安頓方法——其一靠回憶，其二似乎是靠文藝，其三是同靠繼續傾慕著曾喜歡過的女孩們——「永恆的女性們」讓他上升，或至少減緩男性的衰敗速度。在《花街往事》中是羅佳，在他的其它作品，則是「姐姐」。時常，在描述了整節或大段的底層人民的悲慘與不堪，路內會忽然插出一些極為抒情的印象回憶，例如前面描繪到穆異的走頭無路、精神崩潰的跡象後，小說忽然安插這樣無明確情節因果的主體回憶：

　　一九八八年的夏天是很寂寞的，天空萬里無雲，雨季推遲，腐朽而蒸騰的氣味奇蹟般地遠離了我們。……甜絲絲的香味，聞起來終於覺得像一種米酒，而不是發臭的酒糟。街道乾燥，鋪滿陽光，這種時候你簡直以為，一年一度的梅雨季節從此將不會再出現。

或是這樣跟羅佳在一起的回憶與抒情片段：

　　我們坐在一起，想念了一小會兒方小兵，用圓珠筆在小本上猛寫字，騎著他那輛破舊三輪的天真樣子，不禁很感慨，光陰如梭，一切都生鏽了。很奇怪，時至今日我仍覺得八十年代是光彩煥然的，那種新鮮好聞的氣味引導著我，而九十年代在我心裡卻顯得陳舊腐敗，從一開始

直到它結束都沒能挽回。……後來她又找到了一張更早以前的照片，七年前在照相館裡拍的。我坐在她身邊，彷彿感到最初的她又回來了，那個上課時拘謹美好的小姑娘，和賭博沒有一點關係的她。我覺得很傷感，我記憶中的羅佳已經不存在了，但我仍然喜歡眼前的這個人。

她看我的目光清澈而安靜，偶爾嘲笑我一下也帶著童年時的善意，沒有任何不甘。

再度跟羅佳相遇後，「我們」回憶著過去青春的時光，尤其是八〇年代具有高度自由文藝傾向的時代——小說中落實在第七部〈日暈月暈〉中，藉由「姐姐」念大學後交過的青年作家、畫家、歌手等朋友、通常講普通話的朋友，讓這些似乎與自己所處的底層世界極為不同的文藝青年，來兌換一些救贖的契機，換句話說，類似於追隨文藝化的永恆「姐姐」，而在隱隱中共享了八〇年代以文藝為主潮的精神解放。以致於即使逝去後再回憶，即使現實與底層始終混亂，那種精神也仍然充滿著純淨與美好。

坦白說，我相信美麗的羅佳與「姐姐」們將會繼續在「我」需要時被召喚前來，但我不認為那些底層的孤寡殘弱者，能共享這種以回憶、文藝及美麗的女性們作為上升及救贖之道。我懷疑路內自己也能說服自己相信。但路內仍「在路上」，而且至少還願意高度關注與書寫已不屬於自己階層的弱勢者，這可以說是一種慈悲（即使並非能完全平視），也因為慈悲，路內才能還原那麼多的形象。下一步怎麼走？我期待路內能對自己的作品與思想，有著更清醒的自覺與承擔的要求。

【黃文倩，淡江大學中文系助理教授】

兩岸作品共讀：

城鄉之間與跨界書寫

尚未打破的「瓷套」
《家工廠》懷舊式的工廠寫作

高維宏

聯合文學

鄭順聰的《家工廠》，以父親的創業經過以及自己的成長背景為素材，並以台灣1960-1980年代為背景，當時台灣以輕工業為主的加工出口為經濟發展的主力，許多勞工藉由引進歐美日機械的機會，模仿學習到研發創新，台灣的輕工業也在此時期蓬勃發展。關於小說的寫作，作者談到：「社會大眾多緬懷黃昏農村的燦爛，有許多歌詠農民的藝術創作與關懷行動，髒黑的工廠，相對黯淡，或許是工業革命才數百年，未在人類集體心理，累積足夠的感情。……以工廠為主元素的文學作品，在台灣，始終是微量。」

過往台灣因為政治上的禁忌，工人文學作品容易被認為是「工農兵」文學，

較少作家以工廠與工人為主體進行創作。期間比較有代表性的像是楊青矗於七〇至八〇年代書寫一系列以工人為主體的小說，如《工廠人》、《工廠女兒圈》、《工廠人的心願》等等。或是陳映真的〈雲〉等《華盛頓大樓》的小說；陌上塵的《黑手詩抄》詩作；或是黃凡的〈暴雨〉、〈憤怒的葉子〉；林安妮的《一個女工的故事》、《一個女工的故事續集》等個別作品。

前人的文本大多描述到工人受壓迫的情況，與之相較，《家工廠》的視角主要是以孩童的位置回憶1972年省政府所

提倡的小本創業的「客廳即工廠」的年代。如作者自云：「並非勞力工作者，書寫工廠，說要代表勞工階級，替他們發聲並爭取權益，我並不合適。」

前人以工人與工廠為主題的小說，大多是以再現「當下」的方式指向現實的社會議題。鄭順聰的《家工廠》則是藉由回憶「過往」，描寫工廠中的童年經驗以及與工人之間的互動。相較於大多數人對工廠的負面印象，《家工廠》中的工廠與童年經驗緊密結合：

工廠是最刺激的遊樂地，我們邊吟唱卡通歌曲、邊奔跑追逐。鑽床一排四台，我們蛇行而過；長條型角鐵散落地上，可以跳竹竿舞；黑油很滑，三兩步就涉越毒龍潭……雖被警告再三，禁止在工廠奔跑嬉戲，但猴死囝仔什麼都不怕，能死命地玩就玩，管它後果。

《家工廠》是以自身經歷為基礎的自傳式小說，其中對於工廠環境的細緻描寫以及由童真視角對工人的勞動的觀察，使小說

逸趣橫生。小說中參雜以工廠物件為素材的機智闡發，例如談到「榔頭」與「鐵尺」：

「吵死啦！吵死啦！」榔頭大吼大叫，嫌工廠吵，卻沒有注意自身聲量，直嘶吼個不停：「吵死啦！吵死啦！」聽不進它者的話，狂躁的暴力分子，四處尋找對象，猛擊、重打、狠搥，非要在弱者身上，留下痕跡不可。

鐵尺不傷害任何事物，更不製造任何噪音，只低調地，規畫設計圖，至於後續的屠宰，與乎迸發的火花，以及哀鳴，就跟它一點關係也沒有了。

以往已有不少把自然景物與童趣的想像互相結合的文本，但是以工廠的物件與之結合的文本至今仍很少。據政府統計，台灣在1960年代後工業人口已超過農業人口，1970年後的世代大多在已初步工業化的城鎮中成長。

雖然這一代人是與台灣工業化的進程一同成長的。但對於工廠的普遍看法如同作者提到的「髒黑的工廠，相對黯淡」，工廠雖然是「資本主義發展的中繼

點，經濟分工的中間流域，也是搭建現代社會的主要梁架」，但工廠在文學場域中的不被重視，可說是一種集體的失憶。對這世代而言都市就是家鄉，至於農村與自然，以往多認為是懷舊但其實更近於是嚮往。　因此作者對於童年在工廠生活經驗的回憶，不僅侷限於自傳，更是填補了一代人集體記憶的空白之處。作者對於自己生長的工廠有許多細膩的描寫：

> 　　我家工廠，在交通繁忙的省道台一線旁，車由北往南進入打貓鄉後，下了道緩坡，路轉個彎，即直直地往嘉義市去，這一段路，車子急躁加速，不會注意那間破舊的房子，我家工廠，天光從石棉瓦屋頂的破洞漏洩而下，空氣中的浮塵一清二楚……

　　對我這樣的八〇後的讀者而言，《家工廠》同樣能喚醒鄉愁似的情感。加上作者童趣的筆調，讀起來是輕鬆而愉快的。七〇後的世代趕上台灣輕工業蓬勃發展的時期，到了八〇後，台灣的服務業人口與工業人口的差距逐漸拉大，工廠不再

是多數青年世代的就業考量，除了環境汙染等議題以外，工廠在人們記憶中的印象逐漸淡薄。縱使我們一出生就享受到工廠所帶來的現代化的果實，但對於工廠的印象常常僅停留於就業機會或是環保這樣的非此即彼的認知方式。因此作者以自身經驗貼近工廠的寫作方式，有助於喚起讀者對工廠二分法以外的關注視角。

《家工廠》的寫作位置與限制

　　作者提到：「我只是回憶小時候，那個摸索奮鬥的草創時期，老闆與員工在刻苦艱難中，齊心協力，要掙脫貧窮，創造一個美好的未來。」不同於成長小說側重描寫人物的成長，《家工廠》呈現的多是童年的歡樂以及對過往的追憶。從小說來看，作者對自己的寫作位置有清楚的認知。小說喚醒了一代人多已遺忘的工廠的記憶，卻也同時止步於記憶本身。

　　從時態來看，小說是從今日面向過去的敘述方式，敘述至尾篇〈太空〉止步，其中提到：

> 　　黃昏的光越來越稀微，趁黑夜全

面盤據前,我一定要找到什麼。甘蔗園一整片一整片吹來大量細碎的聲音,圳水潺潺流動,陡然下坡,來到了溪底,童年的歡樂地,這條溪流頻改道、汙染嚴重,死水不可接近,水泥橋上,我看到溪岸黃沙滾滾、廢棄物堆積重又堆積,我再也不能接近童年了。

然而對於童年的寫作,並不一定要侷限於回憶與鄉愁。例如俄國作家高爾基的《童年》、《在人間》、《我的大學》等自傳式小說,除了回憶以外更多著墨於自身的成長經驗,例如旅行中的所見所聞、閱讀的書目以及自身思想變化的過程。

與此相較,《家工廠》中的敘述者從童年、青少年到成年,其中對童年的描寫多是歡快的,對於青少年的描寫則主要是關於性啟蒙的部分,然而各個成長階段之間的連結薄弱,小說缺少描述不同時期人物的成長過程。因此小說的童年描寫是靜態、懷舊式的。從童年到成年之間隔著一道難以跨越的鴻溝。

視角部分,小說主要是第一人稱視角,描寫的範圍多僅限於自身周遭的人事物,主要是家庭與友人,外部社會則多僅作為背景存在於小說之中。這種個人與社會之間的斷裂,自傳式、家族史式的寫作方式並非僅限於作者個人,而是台灣社會普遍的問題。對照七〇年代以降關於台灣電視劇「三廳」(客廳、餐廳、舞廳)的描述,到今日偏重私小說,甚至是抽離當下時空的幻想類小說(大陸則流行穿越)的寫作。《家工廠》除了描寫同代人經驗空白處的成就以外,也繼承了相似的缺陷。主要表現在兩個部分,一是對過往靜態的懷舊描寫,二是個人與社會之間的隔絕。

靜態描寫中的懷舊與幻滅

《家工廠》靜態的懷舊描寫既作為小說關懷的基調,也同時指出自身的侷限。這反映在小說不只是對童年記憶正面鋪陳,還描寫了懷舊的幻滅。例如〈溪底〉描寫與小學友人約定一起到溪邊戲水,這個約定直到國中才實現,兩人一起穿過茂密幽暗的竹林到了溪邊,看到「溪水凝滯不動,浮泛著泡沫,水的顏色是紅的」,友人質疑:

「你！你！你！不要開玩笑，真的要下去嗎？」阿信問。

「當然要繼續走下去，回到童年，回到大自然……」我走入溪流，腳沒入爛泥中，到了水中央去，心生疑惑：「奇怪，水怎麼只有膝蓋高，那要怎麼游啊！」

此時，阿信大喊「我們都已經長大了啊！你還不知道嗎！很多事不早點做，就來不及了！」說完，他拔腿就跑。

我呆立溪中，手捧著紅色溪水，漂浮的泡沫一一破滅。

透過敘事者的回憶，懷舊與幻滅的情緒同時呈現。小說中隨處可見這類懷舊與隨之而來的破滅與創傷。例如〈水池〉中，敘事者因為家人對「空中泳池」的輕忽，指責家人「任泳池破損毀壞」、「喜新厭舊」。以及〈太空〉中的悲嘆：「所有的事物都是這樣嗎？最終都要被黑暗吞噬，監禁在寒冷的冬天？」或是〈省道〉中描寫自己離開球隊：

離開球場，我脫離核心，在瑣碎日常的邊界之外，專注地、細微地、敏感地，捕捉生活中的氣味與聲音，尋覓微不足道的片段回憶………而那顆走失的球，越滾越遠，滾到我一生怎樣也到不了的地方。

小說中敘事者在工廠中留下各式各樣的身體的傷痕，但是情感上的挫折則大多在工廠以外。敘事者受挫時選擇「走回我家工廠，關上門，發誓不要再當撿球員，不要再受冷落了」。離開家工廠以後，敘事者自云「處於漂流的狀態」。可知對敘事者而言工廠是作為共同體一般的存在。

因此，此處私領域的「家工廠」形象，與作為職場的工廠有所區隔。以寫家庭、懷舊的方式去寫「工廠」，是《家工廠》的特別之處，也同時是小說最大的不足。即使作者意識到工廠是「資本主義發展的中繼點，經濟分工的中間流域，也是搭建現代社會的主要梁架」，但對此著墨甚少。原因或許是敘事者在青少年時期離家至外頭讀書工作，進入了台灣的教育體

制後，錯過了可以更立體多面地理解工廠的機會。

反應在小說中，敘事者面臨個人與外在社會之間的斷裂的問題之際，多用感傷抒情的語言帶過，捨棄了關於工廠物件的語言意象（這是小說中最亮眼的部分）。若能克服個人的感傷，其實這些話語中已蘊含著自我與外在社會連結的路徑。

作為家的工廠：
以「家」看待工廠的視角限制

〈瓷套〉中說明瓷套的用途是「絕緣體，隔開高溫電線與其他導電物」，藉著瓷套作者提到與父母之間「三十多年來，溫度猶在，我們都嵌上了瓷套」，或是作者自云的「丟開榔頭、握起筆桿」，都可見作者意識到自身與父母工作之間的距離。「榔頭敲打、電鑽開孔、焊燒零件」固然是工廠中父母的工作，但不僅是如此。工廠上的瓷套不僅限於經驗與情感的遠離，在經濟發展趨緩後工廠的發展問題，或是工人的勞動環境，以及台灣工廠在全球化分工體系中的位置等等，都是工廠內部與外部環境之間息息相關的議題。

這些議題反而在前人如楊青矗、陳映真等人以工廠為主的小說之中有較多的關注。

而這樣的「瓷套」不只是套在作者身上，到了九○年代末，第三級產業的人口已經超越第二級產業兩倍以上，工廠雖然扮演構成現代社會的重要角色，但已是台灣多數人避而遠之的職業，當代社會使用瓷套把工廠套上，因此可知作者的寫作不僅是為了打破自身的瓷套，但從小說中傾向於零碎事件的家族史式的懷舊描寫來看，這仍是個尚未完成的嘗試。

作者在情感認同與經驗體悟無疑比前人更貼近工廠。然而無論是懷舊的傷感、對永恆的共同體的嚮往、自傳式或是偏愛個人趣味的描寫，以及自我與外部世界的隔絕，作者與台灣當代寫作者面臨著同樣的困境。相較於多數作家，《家工廠》作者的工廠生活經驗是探討工廠這一題材的有利條件，對此，小說集已作出了初步的嘗試。未來若是能夠以「家」以外的路徑持續寫作工廠的題材，應可在此議題獲得更豐碩的文學成果。

【高維宏，北京清華大學中文系博士生】

回望之眼及其所見

鄭順聰《家工廠》讀札

李德南

讀鄭順聰的《家工廠》一開始是被書名吸引，一路讀下來，印象最深的，則是作者對敘事時間和敘事空間的選取。小說的敘事時間主要是上個世紀六七〇年代，正值台灣工業起飛的時期。圍繞這一歷史節點而展開敘述和虛構，無疑是有意義的，以工業為題材的文學作品在台灣也並不多見。相應地，作者選取了一個獨特的敘事空間——「家工廠」，其基本涵義是「家即工廠」。家與工廠的一體化，在工業起飛時期的台灣或大陸，都是非常常見的現象。這種共性，又成為吸引我閱讀此書的一個重要理由。

全書以《家工廠》作為書名，內裡則有十八小節，分別是瓷套（代序）、學徒、師傅、工具、鳥籠、輪胎、雞毛、貨車、省道、溪底、水池、回收、影帶、決鬥、CD、疤痕、零碎和太空。這些章節，既獨立成篇，又彼此呼應，環環相扣。因此，《家工廠》既可以看作是一部長篇小說，也可以視為一部有相對統一的主題的短篇小說集，與奈保爾的《米格爾街》、希斯內羅絲的《芒果街上的小屋》有異曲同工之妙。

〈學徒〉一節，主要是寫「我」父親阿輝艱難的創業過程。阿輝生在鄉下，卻從小就對城市懷著嚮往。在他還是放牛娃的年紀，就渴望能去台北學習汽車修理，學成後回鄉下開修理廠，借此賺錢讓家裡人過上富裕的生活。無奈這美好的計畫真要實施起來，卻遇到許多困難。阿輝曾因收到工廠寄來的讓他去工作的信函而喜出望外，在期待之中卻發現這不過是好友在捉弄自己，希望頓時變為失望。真正開始學徒生涯了，這過程中所遇到的重重困難，也讓他幾度想要放棄。對於學徒階

段的種種困窘，小說中有細緻而到位的描繪，讀之，令人深感創業的不容易。

〈學徒〉主要是寫阿輝在工廠當學徒的經歷，在緊接下來的〈師傅〉這一節，阿輝已正式進入創業時期。資金短缺，人脈匱乏，屢屢受騙，等等，使得創業的過程困難重重，重重復重重。然而阿輝終於逐漸站穩腳跟，還結婚生子，成功地製作出第一台烤箱，值得銘記。行文至此，鄭順聰又蕩開一筆，花費了不少筆墨來寫阿輝工廠裡的師傅：阿盧米、胖吉、刊瘦、離類、老獅，等等。不單是寫他們在工廠的生活，也注重寫他們的性格，寫他們的身世，寫他們的理想和現實，使得他們的形象也自成一體。

這種情節上的起承轉合，在小說中顯得自然而巧妙。〈學徒〉和〈師傅〉主要是寫父親創業的歷史，同時也是父親成長的歷史。在完成這兩節的內容後，鄭順聰又將敘述的視點逐漸轉移到「我」身上，全知視角變為限制視角。小說接下來的篇幅，所涉及的人物和主題並不相同，「我」的成長，在其中則成為一條隱約可見的主線。

對於這一題材的意義，鄭順聰是有自覺意識的，如他在〈瓷套（代序）〉中所寫的，「工廠，資本主義發展的中繼站，經濟分工的中間流域，也是搭建現代社會的主要梁架。」在接下來的行文中，他時常會提及這個主題的重要性；同時，他也忠實於自己的記憶。題材本身的意義，是作者成年後做為後之來者才意識到的，關於成長的記憶也會在時間的流逝中發生變形，也會被當下所重塑，不過，對於記憶中一些難以忘懷的部分，鄭順聰也並沒有因為主題本身而對它們進行過於規整的裁剪。相反，是取一種任其溢出的態度。這就使得，全書的視點顯得既集中，又分散；既有成人的視角，也有兒童的視角。視點的集中和分散，還有過去與當下的視界融合，都為營構小說的敘事張力起了作用。

《家工廠》既有虛構筆法，也帶有明顯的非虛構的成分，風格和寫法較為多樣。〈瓷套〉和〈工具〉這兩節，敘事狀物寫人，常出之以散文筆法。〈瓷套〉可

視為作者對過往歲月的深情回憶，其中寫到的一人一事，一草一木，一器一物，皆真摯動人。〈工具〉的主角，則是「家工廠」中的螺絲、起子、扳手、榔頭、噴槍、鐵尺、彈簧、鉗子、焊槍、電鑽等等，都是工廠中的常見之物。這一章節的安排，如果以現實主義小說的典律來衡量，會顯得頗為突兀，但是在現代主義小說中，卻其來有自。昆德拉在《不能承受的生命之輕》中，就單列了「誤解小詞典」這一部分毫無情節和故事性可言的內容，以隨筆的形式對小說所涉及的一些關鍵字進行探討。在《小說的藝術》等文論中，昆德拉也再三為這樣的小說作法進行申辯，論證其合理和合法。

回到《家工廠》一書。在對工具進行描繪之前，鄭順聰先是寫了「我」的一個離奇的夢。這樣的安排，在此顯得非常重要。它可以說是接下來對工具進行描寫的一個「預設」：「我」做了一個離奇的夢，「我」尚未完全從夢中醒來，正處於半是清醒半是糊塗的狀態，因而接下來所寫到的一切，並不能完全以常規思維來衡

量，它同樣是離奇的，起碼也是陌生化的。比如說，其中這樣寫到螺絲：「它們本身就是螺，形狀像尖長的田螺，帶有絕對的潔癖，要求自身的光滑潔淨。幸好，數量雖多，身形迷你，否則這世界被它們獨佔，僅剩銀亮色光澤，將會徹底地單調無趣……工廠中無所不在的螺絲，入夜後，大部分群聚在儲材盒中，躲避天敵，但宿命是逃不了的，如同水中的浮游生物，朝不保夕，只是被起子或扳手獵殺，身體就會被鎖死，陳屍機械的關節處、半成品或半成品間隙，成為工廠中無法動彈的附著物。」又比如寫焊槍：「讓整座工廠隨時感覺到它的存在，是焊槍最自豪的事」。寫電鑽，則將之喻為工廠的冷面殺手。

在諸如此類的描寫當中，工具不再是無生命之物，而是有意志，有情感，有天敵，有鬥爭和衝突，有複雜的社會關係。這裡頭，充分體現了兒童視角和成人視角兩相融合的優勢：從少年之眼來看工具的世界，敘事中就有了率真和趣味，工具也獲得了生命力；從成人之眼來看工具

的世界，則能看到工具與工具之間的關聯，把握到其「社會關係」的根底。

〈雞毛〉〈貨車〉〈省道〉〈回收〉等篇章的敘事，同樣離不開少年視角，隨之展開的，則是逐漸成人化的風景。〈貨車〉主要寫「我」父親帶我去送貨的經歷，在這個過程中，「我」的視野逐漸開闊，見識日廣。如果不是從《家工廠》的整體結構考慮，〈貨車〉也可以命名為〈雙節棍〉，因為雙節棍在其中是貫穿性的器物。〈貨車〉裡寫到，「我」乘著貨車跟隨父親外出進行「售後服務」時，手中時常拿著雙節棍。在其中一家麵包店，我認識了一個麵包師傅，知道他有三個孩子，一男兩女，兒子最小，跟「我」年紀相仿。因為看到我的緣故，麵包師傅開始想起他在鄉下的兒女，並且希望將來有錢了，也買一副雙節棍送給他的兒子。後來，麵包師傅因為兒子生病而倍加惦記，與因為生意不好的老闆娘吵了一架，一氣之下回了老家。「我」在得知這一切後，為師傅的遭遇感到難過，願意將雙節棍轉贈給他兒子。麵包師傅則感謝「我」的

慷慨，特意做了麵包托「我」父親帶給「我」。這一節，直到故事終止，也無甚大事發生，可是麵包店的師傅、老闆娘、老闆，他們人生的種種起伏和喜怒哀樂，都有所呈現。對這些人生的細微處的觀察與書寫，使得這部小說不會因為主題本身的「宏大」而顯得生硬、冰冷。

〈雞毛〉中的「我」，因機緣巧合而替鄰居做起了拔雞毛的差事。「我」不以此為苦，反而以此為樂，其中一個很重要的原因，是可以藉此賺到錢去買百香果冰。《回收》則主要是藉「我」的眼睛來寫一個叫阿強的人。阿強會定期來「我」家工廠回收各種廢物。小說中寫到，阿強的父母人都老實，阿強是他們唯一的兒子，國中輟學後就在回收場工作。阿強不單其貌不揚，還曾經得過一場大病，切除了部分肺葉，一直找不到老婆。這是一個偏於沉默、內心孤苦的人，「我」則試圖理解這顆沉默的心靈。「我」意識到「他的人對這個往前滾動的世界，毫無重要性；骯髒平庸的外表，令人鄙夷；他沒有報導的價值或所謂的社會貢獻，他若缺

席，這地球這社會這個我居住的地方，並不會有太大變化，他是個廢棄物回收者，是許多人忽略的日常風景，是不被注意、可有可無的小人物……」而「我」試圖針對阿強而展開的切近觀察，始於日常，亦終於日常。阿強身上，實在並沒有多少「傳奇色彩」。

小說中還寫到，在回收場的廢物小山中，曾傳來神秘的鼓聲。「我」本以為這是阿強發出的。就小說的技藝而論，接下來若真作這樣的安排，則可以進而將打鼓視為阿強「發聲」的方式，暗指越是沉默之人越是渴望能發出大的聲響。如此，阿強的沉默和發聲，也就有了言有盡而意無窮的演繹效果，小說的意義也得到提升。不過小說中的「我」更傾向於認為，所謂的鼓聲，不過是回收場裡的汽油桶因熱脹冷縮之故而形成的：汽油桶在白天時受陽光照射，加熱膨脹，等到夜晚溫度下降後就會逐漸冷卻，本來就像一面鼓的汽油桶到了臨界點，從而發出鼓聲般的聲響。這樣的情節安排，降低了小說本身的跌宕意味，減弱了故事的戲劇性，淡化了人物的

傳奇色彩，卻遵從了生活本身的真實——人世往往俗常，平實，傳奇並不多見。

〈決鬥〉中所寫的兩個主要人物——街長和Ga～gu，跟阿輝一樣，都是底層人物，也可以說他們的處境比阿輝更為不堪，身分也比阿輝要更為卑微。Ga～gu自小家裡就很窮，曾靠替人打零工維生，因為喝酒與人發生衝突，頭被打破後變傻，接著又因父母兄弟相繼過世，無人幫扶而成為四處乞討的「行者」。街長之所以被稱為街長，則是因為他也是個精神有問題的人，時常在街上遊蕩，像管理街市的長官一樣四處巡視。小說主要是寫他們兩個如何偶然相遇，又無理智地發生激烈衝突，最終街長因為吃了許多不應該吃的東西等原因而死去，Ga～gu，則繼續像往常一樣，繼續行乞為生。他們的遭遇，一方面體現人間有情，另一方面又說明天地不仁。

如果從小說的整體構思來看，〈決鬥〉的情節和內容，也包括〈影帶〉等篇章，都是略為偏離故事主幹的。不過，這種稍稍偏離，在小說中並不顯得多餘，也

沒有將小說引向失敗的境地。它們並非敗筆。恰恰相反，這種若即若離的設置洩露了一點：《家工廠》是作者在經受知識與經驗的激盪後的產物。從知識的角度看，作者深知寫作一部反映特定歷史時期的工業題材的作品是非常有價值的。然而，他的切身的經驗或記憶也是強大的，使得作者無法只是從這個架構出發來寫作這部作品。當作者以回望之眼察看過往的經歷時，當一些蕪雜的甚至與這個主線存在偏離的場景也一一浮現時，作者並沒有對之採取抹殺的態度，而是儘量讓其如其所是地呈現。恰恰是這些不太「守規矩」的筆墨，給作品本身帶來了許多實感，讓作品讀起來顯得生動、有趣。

小說中有許多筆墨都令人難忘，能見出作者的寫作功力。比如在寫到鄉村少年阿輝剛從鄉間來到城市，剛剛進入工廠時，鄭順聰這樣寫道：「阿輝的清晨，從洶湧的鳥叫轉換音軌，改由馬達運轉聲領頭，展開敲打不停的一日……工作了幾天，阿輝越來越感到親切，烤箱四角的外形，如同養兔子的竹簍，阿狗家有好幾個，阿輝常溜去看竹簍內蹦跳的兔子，對其結構也產生興趣，發現那箱子的原理，就像古早的衣櫥，先在大竹筒上挖洞，再穿入細小的竹棍，形成平面，由平面再組成四方立體的涵納空間。」又比如作者筆下的許多底層人物，他們的音容笑貌，他們因遭遇不幸而呈現於面容的愁苦，他們沉默之後的爆發，甚至是歇斯底里，都是非常難忘的。我尤其願意再次提及〈決鬥〉，竊以為是全書寫得最見功力的部分。

回望「家工廠」的生活，鄭順聰既注意到其中有趣的一面，也不忽視苦難和艱辛，既沒有美化，也沒有醜化。他沒有人為地忽略我們生命當中所存在的苦難，但又注重挖掘苦難生活中的光亮。這是一本詩性因素非常濃厚的小說，它敘述苦難，卻又令人覺得溫暖，具有卡爾維諾所說的輕逸（Lightness）的力量。當我反覆閱讀書中的一些章節時，這種冷暖交織的感覺更為明顯。

【李德南，廣州文學藝術創作研究院評論家】

過渡的中繼站
賴鈺婷《小地方》

劉依潔

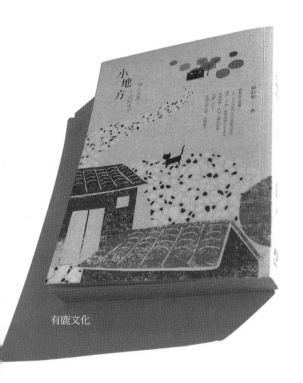

小地方

有鹿文化

好一段時日，她的書陪我前往溫泉旅社、捷運、病榻、咖啡廳、美髮沙龍，攤展在不同的床褥邊、燈光下，一度被丟棄，好在立即撿回來。茫茫書海，自我書寫者太多，《小地方》如何匯聚目光？得知評量此書之際的疑惑，隨著書頁翻讀漸次消解。

目錄即見作者慧心，以一個節氣連結一個城鎮聚落，二十四節氣中的二十四座鄉城，從「立春」的彰化起始，接著「雨水」雲林虎尾、「驚蟄」南投竹山、「春分」臺中南屯……至「大寒」南投仁愛作結。賴鈺婷選擇生命旅程裡曾經交會的地點，行腳步步，融合地景、記憶與時氣，寫下今昔情感與季候變化裡的地方風貌。

這些鄉土懷舊作品，帶有強烈鮮明的個人色彩，不僅以「小地方」拼編出屬於她自身的鄉土地圖，也為地方書寫擴展新的寫作領域。同時，由於賴鈺婷步履多聚集中南部，加上時節挪移，島嶼景緻隨

之變換，無疑也讓人期待續集。

《小地方》內容底蘊為己身與土地間的觸發感悟，而隨著情感對象不同，大致可區分為親族、原民和自我。其中，書寫親族的篇章最為動人，也最能展現她的書寫特色。

書中的親族描寫包括阿媽、父親、母親和舅公，每個人占有一篇至數篇不等的篇幅。賴鈺婷多從風景器物著手，繼而刻畫童年往事、親族情感和成長體悟，比如寫阿媽時從布袋戲館切入（〈再會，史豔文〉）；寫父親從茶籠仔、採龍眼著手（〈上山找茶〉、〈買一只茶籠仔〉、〈我們的龍眼山〉）；寫母親則先寫了艋舺風光（〈街影回眸〉）。她領著讀者自遠而近，慢慢親近她的生活圈、她的親人，一起感受轉折起落，真切的日常。

〈再會，史豔文〉一篇，文章開頭為作者在雲林布袋戲館參觀的場景，「踏入雲林布袋戲館，猶如踏入凝縮時空的劇場。雕繪精美的碼頭，華麗鮮豔的服飾，各形各色的人物生動鮮活地立於櫥窗之內……」（頁24），接著寫童年看電視布袋戲的時光，「每天近午時分，我總會急

急催趕在廚房做飯的阿媽，連片頭曲都不能錯過一分一秒。我和阿媽是黃俊雄電視布袋戲的忠實觀眾……」（頁24），再寫鄰里巷弄間酬神的布袋戲景況，與酬神做戲時，孩童的喧鬧：「在帆布掩映的戲臺縫隙，我們喜歡偷窺演出的『頭手』，鬼鬼祟祟蹲在戲棚後面，有時鑽進戲臺底下，偵探似地盯覷著那些半開的戲箱、一仙仙晾掛在棚架竹竿上備用的戲偶，就是想多刺探、獲取一些別人不知道的情報。」（頁27），之後寫阿媽疼寵，買來戲尪仔的幸福：「阿媽疼係，也曾買戲尪仔給我。『若抓史豔文給你，戲就沒得演了。這仙是伊的替身。』……午後無聊的時光，我在家門口拉起一塊布做戲臺，就天花亂墜、自編自導，把從電視上學來的口技、出場詩、主題曲，東拼西湊大會串，演給路過的人看。」（頁30），接續則回到了布袋戲館場景：「走出雲林布袋戲館，我刻意看了看飄揚於廣場前的宣傳旗幟、充滿喜感的『哼哈二齒』布帘，在門口笑嘻嘻迎客。」（頁30），最後藉由戲尪仔不知去向感慨過往不再。

通篇寫戲館為輔，寫童年的霹靂布

袋戲為主，從中聯結祖孫吃飯配布袋戲，和阿媽買戲偶疼孫的溫馨。由今而昔而今，走入布袋戲館彷彿走進時光隧道回返童小，之後折回今朝，彷彿一場時空旅行。賴鈺婷以今述昔的寫作特色、溫潤細膩的文字有種恰到好處的魔力，引人閱讀領略她的兒時情懷，也引人想起從前，想起自己的童年。

怎能不想起自己著迷於布袋戲的童小？中午放學急著回家，離開糾察評給路隊分數的關卡，立即狂奔穿梭窄巷，再跑過現在是松隆路的大排水溝橋面，顧不得鉛筆盒一路鏗噹作響，為的是衝進家門能看到十多分鐘的布袋戲。黑白郎君、哈麥二齒、史豔文、藏鏡人與幽靈馬車我不十分關心，女主角玉芙蓉才是心頭好，如果能聽到〈粉紅色的腰帶〉，便值得一場午陽下的奔跑。我和妹妹拿著媽媽的絲巾載歌載舞、舞弄作態，顧不得一口零零落落的閩南語。後來謠言史豔文是藏鏡人，加上播出時間變動，對於布袋戲的痴迷便只剩下那支歌，以及主角告別之際的「不用」、「該然」。

一樣的？賴鈺婷文中也提到過「不用」、「該然」，年輕的她怎會與我有同年代的記憶？未來一直來，流逝的時光被遺落在身後遠方，我們已經太滄桑。文末一段：「再會史豔文，江湖已老，世界卻依舊年輕，青春無可倚恃，一如史豔文頻頻重出江湖，但那武林至尊盟主的風光，卻已是舊時代、我這一輩人的遙遠記憶了。」（頁30）關於時光，她筆下有獨到的氣味，靜靜悠然，淡淡的慨嘆憂傷。

書中她寫父親的有〈上山找茶〉、〈買一只茶籠仔〉和〈我們的龍眼山〉三篇。三篇都提到了父親，基底全是懷想與失落惆悵，由於父女相處的年歲落在不同階段，描寫的當時情感便有所不同。

〈上山找茶〉裡的女兒年紀幼小，對父親依戀猶深。該篇記述父親愛茶，父女兩人一起找茶、品茶，以及人茶遇合的緣份，寫父親的溫厚與茶農的盛情。「父親常說，我的嘴刁，愛惡分明，喜歡的頻頻稱好，不愛的喝完一杯就說『飽了』……接連試茶時，父親會要我猜哪種茶較為高價，猜中了他總是樂得哈哈大笑，說我悟性高、口味好。猜錯時，他也跟我站在同一陣線，疑惑地請教老闆其中

奧妙。」（頁32）嬌嬌女倚賴父親，父親也以她的懂茶為傲，兩人擁有一致的茶品味。然而，離家在外求學，專注課業，關懷父親的心緒少了，更未再一同喝茶。「孩提時，怎麼會曉得那些緊跟著父親上山喫茶的片段，將是有朝一日父亡之後，我獨自的漫漫人生中，賴以追索回溯父女往事的珍貴線索？……我學父親上山找茶，在茶湯入喉成韻之際，隱隱然，彷彿找到久違昔日，遠逝的父親。」（頁37-38）父女此生分別，缺憾已然，記憶仍在，喫茶是為追念的憑藉。

前文裡的女兒年紀幼小，〈買一只茶籠仔〉裡的女兒已經長成，在父親逝後，遠行鄉間，追索太快被丟掉的遺物——茶籠仔。「狠心丟掉那只灰黴蔓生的茶籠仔，回到台北之後，莫名的，我常常想起父親泡茶時的身影。隱隱懊悔著，有些東西丟捨得太急……」（頁48-49）回顧忽略父親的過往，她未曾敷衍避重就輕：「……茶籠仔究竟何時消失在茶几旁的呢？在我岔出、錯失、輕忽、不以為意的光陰裡，父親究竟如何緩慢趨近病弱、衰老、痛楚，而喪夫的母親，又是何時細細收拾起父親一生的日常？」（頁54）文辭不留情的剖析自己，俱是悔意。

而〈我們的龍眼山〉一文，描述家人上山採摘、在家剪整龍眼的辛苦夏日，寫父親的疲憊刻苦、嚴謹的自我要求，以及她對此一苦差能躲就躲。直到大學暑期，一次為父親清洗農作後強烈酸臭的衣褲，驚覺父親撐持一個家的勞苦：「……那些汙痕滿布，飄散著腐酸味道的破舊衣褲上，黃泥灰土，樹汁乳漿混雜其間，處處皆有新痕舊漬，一灘灘一朵朵暈噴成白黴狀的花斑。我在浴室中，看著父親褪去的這身勞苦，突然意識到在我的成長過程中，每一個暑假的酷日之下，他是如何看顧我們的山的意志，看顧我們這個家。」（頁118）不忍不捨的心情上湧，遺憾未曾更加體貼父親辛勞。斯人已遠，她未迴避憂傷，思索「繼承父親堅毅的愛與意志」（頁120）繼續向前。

歲月難以復返，從幼時的倚恃依戀，到大學時期體貼感恩，再到成年之後懊悔遺憾，賴鈺婷書寫與父親之間溫情的片段，每篇結束在哀思悔憾，流露出為人子女未及承歡行孝的心情。

這些書寫親人的篇章，字裡行間惜取著過往的溫暖幸福，同時也流露或濃或淡的遺落缺憾，即使心傷抑鬱，筆端仍自持收斂，真情實意教人動容，富有強大的感染力。

而在風光景物、庶民生活方面，賴鈺婷展現出非常細膩深刻的觀察，無論聲音、氣味、膚觸都有獨到的體會。《小地方》信手一拈便是好文，如寫海邊的天空與月色：「天還透著朦朧亮光呢。近晚月色鑲嵌在天海之間，像是誰刻意調了白色顏料畫上的圖案。晚風吹奏夏夜的溫涼，應和著潮水沖刷往復的音響，這黑色天幕，不開燈的舞台，只留有一盞微熱的月光。」（〈旅宿大洋之西〉頁133）；寫湖面的氣味、景緻：「離開伊達邵商圈碼頭，微涼的風吹來，濕氣色匯聚於水潭之上，一絲一縷茫薄成片，風來輕挪飄動，像是棉柔雲絮戲走水面。民營的水上船屋，三五錯落於日月潭間，煙雲環繞，別有武俠古裝片中荒野客棧的況味。」（〈重返伊達邵〉頁82）；寫夜市鬧騰的風味吃攤：「鹿肉鱉肉、蛇湯藥酒，中藥的氣味薰染這條街上的每個人。這條街上，有

最原始的咀嚼，茹毛飲血，強身健體，彷彿在草莽啃飲的過程中，原始的英雄氣魄也將同步壯大。」（〈街影回眸〉頁146）她運用各式感官，感應身旁景物，亮眼且不容忽視。

寫風物景緻的文辭充滿新意，用「火種」形容老街：「南庄老街像是瞬間冷卻的火種，日間燒紅了熱燙，沸騰得足以烙鐵；這日暮將夜未夜時分，人潮一哄而散，巷弄間似乎仍有炭灰幽幽，冉著白煙的氣味。」（〈南庄一夢〉，頁62）；以顏色說明氣味：「四周山色碧綠，將潭水圈圍出一池婆娑蕩漾的青影。罩著水色霧氣，天藍樹綠，清涼的冷色調是氣溫的中和劑，水光日影漂浮，深呼吸都是橙黃色的夏日香氣。」（〈重返伊達邵〉，頁76）；以及雲霄飛車摹寫水聲：「那猶如自山壁谷間的回響，帶著間歇而連續衝落的韻律，我雀躍地幾乎認定那就是煙聲瀑布傳來的豐沛交響。透明近乎空白的時間感，像雲霄飛車坐到最頂端，延遲懸宕的心念。」（〈煙聲獨行〉，頁172）彰顯奇美的語言文字能力和技巧。

在寫人的姿態方面同樣獨具眼光，

大概出於賴鈺婷本身的繪畫才能,她摹寫人物時,著重線條、光影,例如擺攤的長者:「他們黝黑深縐的皮膚質地、像是一系列用炭筆反覆濃擦的面容輪廓,那出奇炯亮爍然的目色,老沉而精明,半蜷曲蹲坐的體態,閒適恣意,猶如鄰友相約曬日,順道曬貨而已。」(〈大佛腳下〉頁16);整理漁網的老人家:「幾個高齡老翁坐在塑膠矮凳上,微瞇著眼,緩緩拆解面前一團團糾結的漁網。那種閒攤風不動、氣定神閒,猶如看慣這一切擾攘似的,專心安靜、不疾不徐地整理繩網的頭緒。他們隱斂於陰影中的側臉,浮凹著光陰起伏的線條,像一幅意味深長的人像素描,閒置在幽靜的一角⋯⋯」(〈風中漁港〉頁195)經她一寫,人物面貌與姿態有如一幅加框了的素描圖畫。或許有著在鄉間成長的經歷、與祖母共同生活的體驗,賴鈺婷敘寫鄉間和長者多了股地道的氣息,自然充滿魅力。

書中還有原民部落的體察和自我探索反思等主題,各有特出之處。比方我喜歡的〈煙聲獨行〉便可歸入自我探索一類。其間說到了獨自旅行的意義:「在觀看外界物質的同時,無人分享的滿腔感觸,像是一遍遍自我問答的潮汐往復,凝視與對話來去激盪的回聲,填滿時空的靜默。紛雜的思緒揚起又沉澱,在這樣絕對的孤獨之中,世界變得內斂而深刻。」(頁171)足以做為旅行文學定義的一段文字,或許也為這本《小地方》下了注解。台灣不大,卻也不小,節氣裡的每一回起腳收步都顯露了作者思慮沉澱後的心聲意念。

《小地方》中,賴鈺婷展顯幽微獨到的觀察、真切聰慧的覺知,結合了在地氛圍,不避諱呈現自身缺憾,雖有沉痛哀傷,筆觸卻不煽情。情感素樸、自然真誠,有時意猶未盡縈繞餘韻,有時留一個溫厚的結尾,像是琦君,讓人信賴,可以放心隨字裡行間一同傷懷或喜悅。

然後呢?也許依循她的腳步獨自踏上行旅,或友伴相陪,尋繹自身成長或回顧過往的軌跡。最好的是一切尚未塵埃落定,因為人生仍在持續閱歷,每處行經的小地方,涵藏了心靈與今昔之間無窮的沉思體悟,小地方是起點,也是過渡的中繼站。

【劉依潔,淡江大學中文系助理教授】

優雅的駁詰
讀賴鈺婷《小地方》

艾翔

城市與鄉村

《小地方》的寫作來自作家逃離大都市台北，一次次走回小城市、鄉村與自然，而這一行為則是來自於母親病重與逝世這一作家生命鏈條中的重大事件。如果說主觀意圖很大程度上會導向事態發展的話，作家正是應驗了如此。因為父母的相繼離去導致巨大的情感缺失，賴鈺婷用重回故里的方式尋求彌補，因此整部作品呈現出跳躍的輕靈，不斷閃回於童年記憶和成年重遊兩個場景，而不僅僅是單純回憶類或遊記類的散文。

〈童年眷村〉寫到作者回到童時居所所經歷的路途困難，竟連導航也找不到確切的路，還是依靠記憶和詢問在蛛網小徑中摸索進入。然而記憶不全是持續有效，如同一切回鄉題材都歸結於回不去的故鄉，作者童年回憶也無法阻擋現代化的侵略，轉型過程中的破敗與凌亂就是呈現在眼前的全部。就是在即將被城市特徵化

的鄉村殘片中，一位抗戰老兵在牆壁上鋪滿了充滿童心的塗鴉作品，令作者欣喜不已。老兵與鄉村似乎構成了一種奇妙的互動式隱喻，都是被時代遺棄的人和事物，一經相遇便激發出了閒適美妙的火花。因為充滿童心的塗鴉，鄉村便被塗上了一層浪漫主義童話色彩，很大程度上抵消了殘破帶來的陰鬱，並同現實主義新聞式的城市形成了鮮明的對峙。作者試圖讓讀者相信，鄉村和文學很大程度是同構的，而與城市則是先天的敵人。另外，壁畫創作者引起作家興趣的曾經的軍人身分及其所攜帶的「十萬青年十萬軍」的歷史，又為本已附著著自身成長小歷史的鄉村賦予了氣象恢宏的時代大歷史，「眷村」本身也因為1949年後遷島軍兵眷屬的歷史背景，以及後來重要政經文化界名人輸出地的歷史地位，為作家的書寫提供了更深厚的言說空間。讀者會欣喜地發現，即使清新的短制散文，也是主動擁抱歷史而非去歷史

化的態度。

不過即使現實與記憶出現了一些偏折，但鄉村一些本質性的東西依然散發著醉人的芬芳。〈雲中書〉寫作者受友人邀請去花蓮少數民族地區鄉村學校觀摩、家訪、體驗生活，最初的空想體現出作者完全城市化的思維和行事模式，有明顯等級制、區隔化的傾向，然而這種傾向在鄉間學校徹底被朋友和當地學生的親密無間消融殆盡，體驗到了大都市所沒有的濃濃情感。這或許與作者體驗到的城市浮躁、鄉村靜謐有關，環境塑造著人的心理和行為。

回憶不僅僅構成一種現世的彼岸世界構成對現實城市生活的辛辣批判，更是一種積極的行動哲學。〈我們的龍眼山〉通過對父親盜鈴上山摘龍眼、家人圍坐對龍眼進行初加工的童年記憶，試圖重建一種基於鄉村傳統的倫理秩序。因為在回憶中作者發現，只有基於一種倫理關係才能更深切地理解他人內心深入的細微情感。父親為什麼要如此辛勞，又為什麼縱容自己的偷懶，為什麼擔心阿媽的加工品質，卻又必須全家一起合作，作者在回憶中如同超光速返回過去站在一旁觀看的閃電俠，明白了情感諸多不易覺察的末梢。這樣，作者通過倫理的重建樹立起了「他

者」意識，用以反抗現代城市交給他的「自我意識」。不過需要注意的是，傳統鄉村環境下的童年自己，和現代城市背景下的成年自己，都是「自我中心」的不體諒狀態，從台北返鄉才真正實現「他者」的確立，期間透露著作家的行動哲學與歷史意識，似乎存在著一種歷史必然性與階段論，靜態的鄉村與城市都很難產生反思，都是固化思維的迴圈，只有打破這種思維的迴圈和空間的單一，才能實現「回憶」真正有效的發生。可見，作家對城市和鄉村有一種立體的關照方式。

〈鹽田光景〉裡關於鹽工的懷舊也頗有意味，雖然是一項極為艱辛的勞作，因為作者整體暖色調的溫情回憶，以及必然的鹽場即將被廢棄的命運，在這種敘述下勞動者就顯得真實可觸且可親可近。我們知道，在城市塑造的等級秩序中，勞動是一種「懲罰」，城市菁英都在實踐著逃離土地並進而強化這種敘述的行為，這種意識日益固化，導致「白領」許多年前就成為年輕人的奮鬥目標。賴鈺婷將感情賦予勞動，打破「勞動－懲罰」的意義鏈條，其實也就重新界定了城鄉之間的內含關係。對歷史的懷舊混雜著對勞動的懷舊，令勞動帶有了情感和歷史的雙重維度，為我們重審鄉土提供了另一種視角。

傳統與現代

鄉村和城市的關係，說到底是傳統與現代的關係，作家涉及前一種關係，就無可避免地要處理第二種關係。《小地方》中許多的文章都是在以回憶和懷舊，實現重建歷史感的目標，跳出自我中心主義，重新理解母親，重新理解父親，重新理解父母之間沉默而動人的感情。

〈買一隻茶籠仔〉最令我感到欣喜的是，作者沒有被城市化表達的小資語調裏挾，也就是表明了作者的決心，返鄉與深入並不是一種象徵性的表演或行為藝術，而是身心同步地撤離了城市的包圍。像茶籠這樣的草編工藝品在今天早已成為時尚商品，作者沒有用一個城市遊客的眼光看茶籠，而是展開其歷史與倫理緯度，進行去小資化、去趣味化的講述，讓審美重歸日常生活。她不拒絕審美，但卻拒絕一種風景化、阻隔化甚至作為身分標識的「審美」，不惜用一種可能會被城市命名為「前現代」或者非西方的方式，描述一件小物事，重拾其中的人性美感。〈南莊一夢〉也是展現現代性的大發展對傳統鄉村的掠奪，以山民生活圖景描繪人與人之間的相互理解、人與自然之間的和諧相處。

整部作品中最重要的篇目我以為少不了〈七將軍廟〉，具有某種提綱挈領的隱含作用。文章的開篇有一個鮮明的城市思維向鄉土思維轉換的過程，這也是這部作品中多篇共用的開篇模式，理性的甄別、分析逐漸潰敗、失效，讓位於更符合鄉村生態的情感模式，這種轉換正開啟了接續的篇章。

最先講到的是廟的由來，清代同治年間為了紀念被當地武裝殺害的六名清兵而修建的廟宇。這裡就十分有意思了，首先是殞命清兵是六人，廟名卻是「七將軍」，多出的那一個是援兵的隨軍軍犬，因見六人慘死狀而咬舌自盡，人狗享受同等待遇被紀念並受祭拜，固然與其傳說性質相關，傳說中的動物都是通人性甚至能夠與人互換形體，背後是民間樸素的萬物有靈觀念，同時入廟也是民間意識的表徵。

另外更重要的是，作者在回憶裡沒有詳述修建原委，但由於是清兵死於山區番民武裝之手，如果是徹底的民間敘述，應該為番兵立廟而非清兵。歷史上七將軍廟的修建卻是官方行為，旨在宣揚因公殉職、忠君愛國、忠義可嘉的官方意識形態，那麼香火旺盛的七將軍廟豈不是當地居民被洗腦的表現？這裡就有一個頗值得玩味的扭轉，作者清楚地寫到進廟燒香的

民眾都是出於祈求平安、問卜生活的目的，也就是說廟裡供奉的是誰不重要，在普通民眾眼裡，供奉的都是神仙，神仙沒有具體的分管工作，都能一樣的拜祭，其實就形成了一種對清朝官方意識形態的嘲弄，後者宏大敘述的政治意圖完全落空，但是有趣的是，還是因為扭轉，民眾還是虔誠地在拜祭，形式上同官方意識形態期望的一樣。賴鈺婷所觀察到的這種具有強大內部文化轉義能力的民間社會，或許正是中國千百年來超穩定結構的重要基礎。

通過傳說的講述和廟宇作為物質形態的存在，表明人和歷史有著活生生的關聯，這種關聯在鄉土社會除了通過民間信仰及與之相關聯的傳說維繫，還有家譜、墓碑、地方誌等諸多介質作為保障。人與歷史有了關聯，人就不可能是一個個孤獨的「個體」，人與人之間的關係形成了一張巨大的網路，這或許也是為什麼倫理在鄉土社會繁盛，以及現代都市裡只有原子化的個人的深層原因。無論如何，城市裡的人需要再倫理化，賴鈺婷選取的是基於歷史化城鄉關係反思的回憶式遊走的方式。

想到童年往事，作者也不自覺的仿效起母親，燃香拜祭，祈福詢問。在一般的意識中，進廟燒香，即使不是徹底的信徒，至少也不會決然反對，才能有此行為。經歷現代啟蒙的知識份子即使不嗤之以鼻，至少也不會參與其中。賴鈺婷作為一個多年深處大城市的知識份子，何以會重複前代人的行為？此前作者已經言明，父母離世造成了作者內心巨大的時空隔閡感，這種體驗其實是大多數人共有的感觸。因為隔閡，所以回憶，因為回憶，便親身仿效，表面是在意識中自己作為母親的替身重新攝錄母親舉止的畫面，以「所見」尋求心理慰藉，深層則是另一種更大的深意，即簡略再現歷史場景，用一種類似自我催眠的方式代換自己與母親的體驗，從而深入母親當時的內心，獲得最前代人最大程度的體諒，對此前文也有談及。中國人的情感表達以含蓄著稱，賴鈺婷讓我們對這種含蓄有了直觀的瞭解：因含蓄而綿長，甚至能夠擊穿時空壁壘，形成跨時空的情感交流。

因此，七將軍廟其實可視為歷史與情感的物化表徵。說一句雞湯的話，賴鈺婷拜的不是神，而是感情。進一步說，拜神不必關乎民間信仰，也是一種關於倫理的儀式。在這樣的認識下，「傳統」也就不是「現代」譜系裡的「前現代」範疇，而是非現代譜系下的「現代」的「傳統」，如此，便破解了侵擾人心多年的關

於傳統與現代的「鄙視鏈」。

賴鈺婷的系列文章不由讓我想起讓羅大佑獲得盛名的音樂單曲〈鹿港小鎮〉，歌曲中因其官方高度重視甚至被禁、被修改的一句「台北不是我的家，我的家鄉沒有霓虹燈」，期間的憤怒在《小地方》裡沒有，但是失望、困惑、無奈以及眷戀同賴鈺婷是一樣的。1980年代的台灣攜「亞洲四小龍」鋒芒一時風光無限，經濟發展取得矚目成就，但〈鹿港小鎮〉的出現也讓人正視成就背後存在的隱憂。賴鈺婷在整三十年後推出《小地方》，作為一種呼應告訴我們問題並沒有消失，同時提出了自己的解決方案。

台灣與新疆

如此清澈的一部作品卻不僅僅談論了城市與鄉村、傳統與現代的問題，還涉及到了遊歷地區的少數民族生活。台灣經官方認定的原住民有十四個族群，在最初的二三十年裡，兩岸對峙是主要的政治內容，恰恰也是〈鹿港小鎮〉出現的1980年代，原住民的民族權利意識逐漸浮現。賴鈺婷的遊歷中至少出現了四個族群，即〈雲中書〉裡的阿美族，〈重返伊達邵〉裡的邵族，〈川中島〉裡的賽德克族，以及〈行走東埔〉裡的布農族。

新疆的世居民族有十三個，同台灣數量大體相仿。當然，兩處的民族識別與劃分基於不同的準則標準，產生於不同的時代和政治環境，但相應的民族形成後，都要面臨如何認識、如何對待、如何言說、如何正確引導這一共同問題。政治家有政治家的處理方式，學者有學者的意見立場，賴鈺婷用文學的形式給出了自己的體會。

〈雲中書〉裡作者和美娟之間的親密無間、彼此好奇標示著一種若有若無的民族差異，並且隨著朋友實現了身分的疊加或逆轉：不僅是教授學生以知識，更是「學習用他們的角度看世界」，是不是很像作者回身對待遙遠父母的方式？在「阿美文化歌舞之夜」，作者用一種彷彿將來完成進行時的時代模擬阿美族少年的心思，抽出在拉回的行動能否幫助他們意識到自己的文化精神，是不是很像作者從台北返回故鄉看待童年事物的方式？將對少數民族的關照收納在這部作品裡，顯得如此契合，不是突兀而是一部混融的有機整一體。

〈重返伊達邵〉一樣有這種同構的章法，開篇自身的尋找定位與自我，其實也是那位邵族所面臨的問題，作者穿上南島圖騰紋飾的制服形成的「歸屬的錯

覺」，正是這種同構性的隱喻，另一處相關的隱喻是他親自開著轉為民用的「總統一號」。文中提到的因修建水庫造成祖靈地被淹沒，正是經濟發展與傳統生活模式和觀念的矛盾，這種矛盾表現為漢族和少數族群的矛盾。事實正是如此，一切少數族群所反對的「漢化」，其實是「現代化」，因為漢族率先進行現代化改造，因此形成了內涵更替。

祖靈地被淹沒，無法回去的故鄉，無所依傍的精神，是邵族在被動捲入現代化後面臨嚴峻現實。雖然眷村已經換了模樣，但人還可以走進去，但水下的祖靈地無論如何再無法接近了，當主流的漢族作家在思考尋根的時候，少數族群已無尋鄉的可能，處在被擠壓的邊緣。《小地方》對這些異族的同胞給予了許多的關切，迫使我們思考他們的城市與鄉村、傳統與現代問題。不過，正如作者在〈高美濕地浪行〉和〈七將軍廟〉中流露出的情緒，在返鄉後，時間的不感症被置換為空間的茫

然無助，宣告了這一行為在精神上的不可能。身體在空間內的立冬易於完成，但心理上的遷徙絕難實現，作者對城鄉間隔的消弭多少持一種悲觀態度，因為她感受到來自城市巨大的文化心理改造力。如此說來，不同族群面對的問題具有了相當程度的一致，需要共同應對。因此，以行動哲學指導的回憶重建歷史意識、倫理體系、情感方式，樹立起深入體察對方的他者意識，或許不失為一種突破之徑。賴鈺婷的寫作，讓我想到同樣以清新文風聞名的新疆作家李娟。

或許可以說，《小地方》構建了一類獨特的地方主義，有深深的眷戀，也有毫不猶豫的反省，基於地方，卻並不狹隘，是一種有胸襟的地方情懷。語言的清麗，與內蘊的清冽完美地融合在一起。對於現實的困境，有真刀真槍的赤膊上陣，也可以這樣優雅地發出駁詰，當然，駐守駁詰而未迷失於優雅，正是我所欣喜的地方。

【艾翔，天津社會科學院文學研究所助理研究員】

提問與對話

讀尉任之《室內靜物 窗外風景》

曾志誠

印刻出版

一

　　這本書我讀得相當辛苦，斷斷續續地，竟耗去了我三個多月的時間。當然，自己的公事、雜事太多是原因之一，但最主要的理由，還是作為讀者的我的生命風景，和尉任之眼中的世界，實在相去太遠，不免對書裡描繪的世界（或者說，我這個讀者所想像的作者的內在世界）感到陌生，甚至無來由地拒斥，一度想要放棄，甚至將之束之高閣。

　　談到搖滾樂，我可能還能東拉西扯出一些道理來；好萊塢的商業電影則是在有線電視上看了不少，也算是「略懂略懂」。但要是講到歐洲電影或者古典音樂，我的程度恐怕自己也會懷疑。或許是打從小時候開始，身邊就沒有親人朋友對

這兩件事情有任何的品味能力，雖然知道這世界上有這些陽春白雪的存在，它們卻從來沒有真正進入我的世界。即便是後來幸運地走上了學術之途，又更幸運地從事劇場工作，我的血脈根源仍然是屬於下里巴人這條路線。

　　是以當我翻開這本書，第一段文字，就讓我覺得格格不入。作者在短短一句「我慢慢開始理解馬勒的作品，在這幾年身邊的親人朋友陸續過世以後」之後，便是長達八頁的馬勒生平介紹，以及大量的音樂知識書寫。對我這個讀者而言，我很想問的第一句話是：「所以呢？」

這種無法介入的閱讀經驗，在我身上從未發生過。

接下來的篇章，讓我的問號愈來愈多。諸如柏格曼、小津安二郎、「先拉斐爾主義」、克林姆、漢斯·霍特、朱曉玫、郭德堡變奏曲、寇巴希杰等等名詞，接二連三地在我的眼前炸開，這些名詞當中，有些我聽過，也有些全然陌生，但不管是聽過的還是陌生的，在尉任之的筆下，竟然都讓我產生一種「干我何事」的感覺。

從第一次閱讀《室內靜物　窗外風景》這本散文集的經驗看來，我跟尉任之，實在沒什麼緣分；甚至產生一種錯覺：尉任之從小生長在「往來無白丁」、「進出的都是台灣藝文界的一時俊彥」（鄭樹森語，見其為本書所撰之序言〈多才多藝一任之——讀《室內靜物　室外風景》有感〉，頁9-10。）的家庭，富裕優渥的環境，養成了他那不食人間煙火的性格特質與書寫風格。

幸好，突然之間，我想起自己在課堂上常常對學生說的一段話：「藝術沒有對錯之分，也沒有好壞之別，有的只是你喜歡與不喜歡而已，但即便是你不喜歡的，也不能輕易否定它的價值。」於是我試圖撇開這些成見，再度從頭慢慢地讀過一次。

二

第二次的閱讀依然辛苦。我的感知仍無法與作者同步。例如「湯瑪斯·曼、維斯康堤與馬勒所追求的都是他們認為至美的『理型』」（〈天堂之門已經打開〉，頁17）、「弗烈德里希……畫中的冬天，兼有北地的蒼茫和挺拔，觀者幾乎可以感到空氣的清澈與冷冽」（〈冬之旅與流浪者〉，頁82）、「孟克一生的創作，是一個『由外而內，再由內而外』的歷程」（〈太陽自峽灣中昇起〉，頁118）等等，美則美矣，但對我來說仍然太過抽象，即便是試圖追溯他所提到的這些作品，並且略費了些工夫整理這些作家／作品的脈絡，我還是無法真正感應到尉任之所感應到的那些細膩的情感波動。不過這一次，我隱約感覺到一件事：尉任之似乎並不把他跟讀者之間的對話當作是主要的重點。在這第二次的閱讀當中，愈讀到後頭，愈覺得那些大量堆疊的知識，看起來像是夾雜著主觀與客觀的論述，但事實上純粹只是作者的感性抒發方式，他並不企圖讓讀者（至少是普羅讀者）理解他眼中所見心中所想的世界——其實尉任之在本書後記中已經坦白地這麼說了：「《室內靜物　窗外風景》可算是一部提問之書，詰問的對象是作者自己」（頁356），只是不知道為什麼，我

在第一次閱讀時竟忽略了這一點，直到第二次，才赫然察覺。

在他那幾近偏執的細節描述（尤其是與古典樂相關的篇章）背後，其實不僅隱藏著作者深層的悲傷，在部分篇章中，也展現出相當程度的人道主義關懷。

在首篇〈天堂之門已經打開〉中，作者耗費極大篇幅紀錄馬勒的生平、作品，但整篇文章始終環繞著「死亡」這個主題，究其根柢，作者寫這篇文章的目的，還是可以追溯到他的母親與摯友——2003年過世的H君（應是作家黃國峻）和2005年過世的畫家母親孫桂芝女士。經歷這些死別的作者，應是如同這世上的任何一人，陷入無可言說的悲哀與痛苦之中，隨著時間慢慢地遷移，靠著某種療癒的手法，逐漸將自己從深淵中拯救出來。對於尉任之而言，馬勒的音樂就是他的救贖之路。他追索馬勒這一生十一部交響曲的風格脈絡，標誌了馬勒「神采飛揚的青年風格」、「自我詰問的中期風格」和「蒼涼清寂的晚期風格」——青年時期樂觀進取，中年時期對生命充滿疑惑，老年時則「以澄澈的胸懷面對自己的死亡」。最後，尉任之認為馬勒在藝術生涯的最後「達到了一個純淨的境界，稱之為『涅槃』，應不為過。」

顯然，尉任之之所以描述馬勒，目的並不僅在於對這位音樂家的推崇或者想將馬勒介紹給他的讀者們，更要緊的，或許是藉由他對馬勒的解碼，為離開他身邊的親友擘劃一片想像中的昇華境界。正如安魂曲或世上任何一種和死亡相關的儀式，它們慰藉的並不是死去的靈魂，而是仍然活著的，正受盡思念煎熬的苦痛生命，幫助在世者通過閾界，回歸到正常的生命進程中。

我將本書的第三篇作品〈房門打開了以後——關於「未完成」的札記〉視為〈天堂之門已經打開〉的續篇。文章中提到了黃國峻《水門的洞口》、卡繆《第一人》、克林姆特《新娘》和馬勒的第十號交響曲，這些都是因為死亡突然造訪而未能完成的作品。一如尉任之一貫的筆風，本文依舊充斥著各式各樣關於這幾位逝去的藝術家的生命史素描，看似知性十足，但在每一段敘述之後，尉任之總是用問句或者不肯定的語法作為結尾，可見作者對死亡造成的遺憾（「未完成」）耿耿於懷，但又無力回天，只能徒呼負負而已。

在此我窺見一個苦於追尋平靜，並且期待著一個終極解答的痛苦靈魂，強忍著心底的澎湃洶湧，試圖以極冷靜的口吻述說一件又一件的歷史，卻時不時陷入自身難以遮掩的悲觀情緒當中——閾界並不是那麼容易就可以通過的，尉任之一而再

再而三反覆書寫的,其實不是卡謬,不是馬勒,更不是柏格曼或者舒伯特,而是他心中對於生命的焦慮,以及對於死亡的恐懼。是以在「靜物」、「風景」二輯七篇文章當中,除了〈回到失去的樂園〉之外,均與死亡、瘋狂、幻滅等關鍵字緊密相連,即便是看來擺脫了灰暗迴圈的〈回到失去的樂園〉,我在其中觀察到的所謂救贖,不過是毫無來由的一句「透過不同世代藝術作品的描摹,人們得以重訪失去的樂園」,不真實得如此令人唱嘆惋惜。

而在本書的另外一些篇章當中,我又看見了另外一個尉任之。這個尉任之雖然同樣執著於描述藝術家的生平記事,但顯然更具有批判性。這個批判性在輯四「隨筆」當中的〈愛與死的儀式——三島由紀夫與電影《憂國》的出土〉和〈血與理想者主義者的烏托邦〉兩篇展現得相當明顯。

〈愛與死的儀式〉一文開篇沒多久,尉任之便毫不遮掩他的怒氣,寫下這段話:

> 《憂國》中的死亡是英雄式的。為了服從,個人的生命如同草芥,隨時可以抹去。也就是說,為了國家／民族／社會整體的秩序與利益,個體必須準備在任何時刻死去,這樣的死

亡也是儀式性的——這正是三島由紀夫的生命觀。在《憂國》裡,他全然否定了個別生命的價值。

我不知道三島由紀夫帶領楯之會的成員衝進日本自衛隊總部的時候,腦子裡到底在想什麼,也無意妄自推測他切腹自殺的真正理由,但不可諱言的是,三島用自己的生命印證了他在《憂國》當中的主張。但即便如此,我還是很難想像,身而為人,需要多大的勇氣才會用這種方式結束自己的生命,更難以想像,這樣的行為舉措並非僅發生在三島一人身上,多少大和魂也是依循著同一條道路「誕生」的——顯然,尉任之也對此抱著巨大的疑惑。除此之外,他更對這種日本人並不陌生的生命觀感到極不認同。這種不認同,同樣展現在〈血與理想者主義者的烏托邦〉一文當中。在描述了義大利天主教民主黨總裁阿多·莫洛被謀殺的歷史事件和2003年根據這個事件拍攝的劇情片《日安,夜晚》之後,尉任之再寫到:

> 思想的激進固然是個體與社會演進的原動力,但是,如果它失去了對生命的尊重,帶來的不是鬧劇,就是災難。理想主義的烏托邦絕不應該建立在他者的鮮血之上;由鮮血所築出

的烏托邦，必在鮮血中崩解，這是歷史循環的教訓。

這樣的論述，的確相當符合人道主義的觀點。看起來，尉任之是被三島，被義大利紅衛兵的舉動所激怒，從而發出呼喊，對之表達抗議。但是我的疑惑是：這些義憤填膺的話語，為什麼會這麼毫無來由地出現在《室內靜物 窗外風景》中？

細細思索這本書的脈絡之後，我察覺，書寫〈天堂之門已經打開〉的尉任之，和書寫〈愛與死的儀式〉的尉任之，其實依然是同一個尉任之，兩者之間並無差異。在這兩篇看來憤怒的文字當中，作者只是從另外一個面向表示了他對死亡的看法。

尉任之在〈愛與死的儀式〉和〈血與理想者主義者的烏托邦〉中描繪的死亡，是一種人為剝奪的死亡。如果說這本書的前半部的重點是死亡之不可避免與作者面對生命／死亡的倉皇無措，那麼，這種導因於人為剝奪的死亡（無論是自殺或是殺人），更是將生命的荒謬展露無遺。從我的角度觀察，生命的存續，對於尉任之而言並不是件輕鬆快樂的事，從字裡行間，我似乎看見他面對親友的離去，除了單純的悲傷之外，更誘發他思索活著的價值，並不斷地反芻他所感受到的幻滅與枯竭。若從這個角度來看，我很願意把尉任之視為一位存在主義式的思想者。當這樣一位思想者看見生命僅只因為虛幻的口號或者被架空的所謂理想，就無端地被剝奪，荒謬感恐怕將會猛擊他的心靈深處。這樣的死亡，像極了《瘟疫》中描繪的那場非理性的殺戮，人的死，一點意義都沒有，更教人如何心服？

三

我不敢確定我的第二次閱讀是否精準地貼合了他的初始概念——其實這也並不重要，我一向認為閱讀的目的，並不是去探索作者的初始概念，而是折射讀者自身的思維邏輯。但，如同我在本文一開始所說，作為讀者的我的生命風景，和做為作者的尉任之眼中的世界，實在相去太遠，以至於這個折射顯得相當困難。在尉任之筆下那個充滿了典雅的藝術想像，陽春白雪般的細密網羅裡，即便我搜尋到了一些我自認為勉強過得了關的切入點，還是較難以在他的文章當中找到呼應和共振。不過，考慮到他自己所聲稱的，這本「提問之書」的提問對象是他自己，我也是嘗試作出一種讀者的對話與回應而已。

【曾志誠，東方設計學院表演藝術學位學程專任助理教授】

「反潮流」的寫作
讀尉任之《室內靜物 窗外風景》

張屏瑾

仔細閱讀尉任之先生的作品《室內靜物 窗外風景》一書的時候，傳來了2016年度諾貝爾文學獎被頒給了美國民謠歌手鮑勃狄倫的消息，一時間輿論譁然，狄倫的歌迷激動歡呼，也有人把狄倫的作品歸入詩歌的遠古吟誦傳統，而更多的是批評的聲音。狄倫在民謠音樂界的地位無人質疑，但一個在人們心目中代表「純文學」和閱讀的最高獎項，如今給了大眾文化，或者說給了上個世紀六十年代某種思想潮流的回聲，讓人多少有些不習慣，甚至有朋友提到了昆德拉所說的「媚俗」。

諾貝爾獎所引發的爭議，引申至我們這個時代對於藝術的美學標準的問題，我想到了哈羅德‧布魯姆在他的評論集的前言裡所說的：「假如你對莎士比亞、彌爾頓、華茲華斯、濟慈、丁尼生、惠特曼、艾米莉‧迪金遜難以忘懷，那麼，你將很難同意那些『憎恨學派』——他們宣布某些不足為道的詩人按照性別、性向、種族、膚色或其它類似標準就值得研究。」

《室內靜物 窗外風景》恰好就是這樣一本試圖討論藝術美學，與人的命運之間的關聯的書。作者在書中所提到的這些人物，在文學、音樂、繪畫和電影中的地位，如同莎士比亞與彌爾頓之於詩歌，都象徵著經典和精深，意味著良好的教養、深邃獨特的見解和異於普羅的趣味。這是此書給予讀者的首要印象，也是令人讚歎的第一面：作者的博雅之才，在這些評論、隨筆、遊記中發揮得淋漓盡致。

在持續閱讀這本書的日子裡，我只要打開書頁，便生出一種隔世的恍惚之感，彷彿它不屬於我們這個過於喧囂與擾攘的世界，這個時代的千變萬化、支離破碎和淺嘗輒止，在這本書裡是尋不見的，也正因為此，《室內靜物 窗外風景》從這一獨特的書名開始，直至整本沉甸甸書

籍中的一切精美的文字、插圖，都帶上了一種舊日感傷的氣氛。

閱讀這本書，首先要準備好的是與伍爾芙所說的那些「巨大靈魂」相遇。譬如第一輯「靜物」，作者用「天堂之門已經打開」、「回到失去的樂園」、「留待他日的紀念」這些如創世和終曲般的題目，來描繪馬勒、巴赫、舒曼、貝多芬、克林姆特、伯格曼、加繆等文學與藝術巨匠。雖然筆下經常流露出宗教般悲憫的情懷，在我看來，作者的描述方式卻是真正的一種「人性化」，即回到這些「巨大靈魂」本身，從他們的出身、經歷、氣質和個性中，去探討他們作品的得失。聆聽或解讀這些作品，滿足與不足，都與這些人物靈魂中的巨大能量以及性格中的細小瑕疵相關。

尉任之說：「我其實不擅論述，對流行的藝術理論也有所抗拒，我寧願站在創作者的角度來看藝術創作——如果關於藝術的思考不能實踐，不能回歸創作或與生命融合，再炫目的理論都會顯得乾澀而桎梏。」這看起來是一種持守本心的方式，有一些與時代主流相悖的意思，他無意躋身於今日種種令人眼花繚亂的分析理論，而寧可用單純的「創作談」和對文本的細察，來一筆筆仔細地描出各種具體而微的情狀。這造就了沉靜、從容、帶著悲憫氣息的文筆，與他筆下描繪的這些孤獨藝術家的總體氣質十分吻合，藝術家們或許各自有各自的時代，際遇與問題，但孤獨的個體存在意識，是他們彼此相通之處。《室內靜物　室外風景》正是在這一點上，牢牢地紮根，生發出若干健碩的枝椏與花朵。

經典是什麼？為什麼讀經典？二十世紀自「語言學轉向」以來的理論，多數以符號解碼的方式，將藝術作品「解構化」，而大眾傳媒的興起，又使得藝術鑒賞也成為了民主化浪潮中的一個環節。過去那些神壇上的藝術家，隨著後現代理論和大眾傳媒兩方面的夾擊，紛紛「去魅」。我所在的城市的古典音樂電臺，也不得不用「過去的流行就是現在的經典」這樣的口號，來招徠聽眾。知識因此而全盤資訊化，世界因此而幾近碎片化，在這

種狀態下，要重新恢復一種對藝術世界的朝聖者般的想像和嚮往，是一件不容易的事。而尉任之所選擇的藝術家，無一例外地是懷抱著對藝術世界的整體想像和追求的，有著完整而充沛的個人精神世界，很多人在生前不但與時代格格不入，也根本就沒有流行過。怎樣才能通過敘述觸摸這些偉大的靈魂，進而認知、理解他們超乎尋常的藝術創作？在我看來，《室內靜物 窗外風景》的敘述方法反而是最歷久彌新的一種。

作者愛將不同領域的藝術家並置在同一個話題中，雖然時代、國籍、生涯這些基礎的層面有著很大的不同，但在作者縱橫捭闔，充滿想像力的敘述中，我們得以探知這些人物在精神層面極大的相似性。這樣的敘述方式看似鬆散自由，實際上必須對一些重要的精神命題具有很強的感知和把握，才能遊刃有餘地穿插騰挪於不同的人物和作品之間。

我從精神現象這個角度，來理解《室內靜物 窗外風景》這本書整體上提供的主題，這麼多「靜物」、「風景」、「肖像」和「隨筆」等等，但它既不是純粹的人物志，也不是簡單的札記和感悟，而更多的是討論藝術家如何在面對人類的一些重大問題的時候，將自己的精神變化和創傷最大程度地形式化。

比如在那篇短小的〈神話的幻滅〉中，作者分別談到了劇作家瓦格納、詩人艾略特和導演赫佐格，講述的是核武器和核工業對人類致命的打擊，工業時代的人類瘋狂地發展科技和軍事力量，使得文明和生命被一次次摧毀，人類的命運形成了一個弔詭的因果迴圈，在這個主題之下，生發出對瓦格納作品以及德國浪漫派的解說與反思，讀者會發現，瓦格納的「眾神的黃昏」——英雄主義的毀滅，艾略特的著名詩句，尤其是德國導演赫佐格那種極端的思考和表達形式的討論，在這個主題之下，才能得到很好的理解和感知，也正是在這個層面上，作者坦言，他的荷索（赫佐格）經驗並不愉快：「我之所以不愉快，是他讓觀眾直視人類的命運，無所遁形；哪怕他拍的是十五世紀的亞馬孫河流域，古代是現代的鏡影，神話的崩解與

文明的毀滅都是歷史輪迴的一環，藉著不同的形式與人類在不同的時空下交會。因此，我不那麼貪看荷索的片子，就像我無法直視核爆後廢墟的影像，他們讓我悚然，雖然大幻滅總有一種詭異的美。」

不但赫佐格，還有維斯康蒂、寇巴希傑、三島由紀夫等這些先鋒的，晦澀的，對一般觀眾來說難以把握的導演和作家，在這個意義上，會變得容易理解得多，造成他們精神創傷的，或是工業文明，或是宗教禁錮，或者是極端的國家與民族主義的壓抑。作者同樣在這些層面上進一步對這些藝術家的作品進行反思。所以，《室內靜物 窗外風景》時刻閃現出人類現代思想史內容的斑駁疊影。所以，這本書不僅僅是它的作者的個人賞鑒錄，也可以說有它的文化啟蒙和文化教育的作用，藝術家的精神現象，呈現出的是整個時代的精神狀況。

在討論塔可夫斯基、伯格曼等人的作電影作品時，他們所居住的島嶼與小城中的「風景」則成為了另一種重要的精神底色。

法羅島與哥特蘭都屬於冰河時期的遺跡，景色卻不盡相同：哥特蘭水草豐沛且歷史痕跡鑿鑿，法羅島則空曠而貧瘠，奇形怪狀的岩石以及風吹、日曬、雨淋下扭曲生長的樹木暴露在自然之中，形成獨特的風景。

這幾乎就是在用文字還原塔可夫斯基和伯格曼電影中的場景，我們因此而得以理解，為什麼一種帶有荒誕色彩的荒蕪感始終縈繞在塔可夫斯基的電影中，而柏格曼電影對於現代人存在方式的漫長而舒緩的反思，充滿了從自然而來的引述，原來支撐他的力量來自他所定居的哥特蘭，他在這裡每天都能聽到大海的呼嘯，在空曠的天空下散步，對於他的電影中的寫意風格的形成是極為重要的。尉任之的寫法，有一點像丹納在《藝術哲學》中的分析，丹納認為凡藝術品皆隸屬於一個更宏大的民族、環境乃至水文地理和風土的系統，而尉任之在他的書裡以旅行者和親歷者的身分，給讀者展示這些獨特而珍貴的空間，以及他個人豐富細膩的感受，這些感受可以說是相對應的藝術作品所喚起

的，但同樣寄寓他個人的獨一無二的人生體悟，以及文字創造。他的足跡追隨了藝術大師們的蹤影，他筆下的「風景」不是單純的自然景色可以概括，而是一種人文藝術化的風景，他的「遊記」也不是簡單的遊歷筆記，其中佈滿了凝重而深沉的人文關懷，並且常常帶有很強的敘事性，他筆下的自然風景在植入了音樂、美術、文學的產物之後，也隨之而成為經典。

再舉一個有關繪畫的例子，在評述孟克（蒙克）的畫作時，作者同樣從飛機降落在奧斯陸，從奧斯陸到貝根，一路追隨畫家生前的腳步入題，評述這位擅長描繪人的情緒與生命極端時刻的畫家，同時追問他那「揭開生命的表像」而表達個體內在掙扎的能力，是從何而來：

孟克受到挪威特殊風土的陶冶，在他的畫中一再重現峽灣與海岸冷硬或彎曲纏繞的線條，他畫中的人物也融入這些風景之中。看著這從峽灣裡升起的太陽，我自忖，孟克自己不就是一片獨特的風景嗎？在他默然、高大、嚴峻又傲視一切的外表下，起伏波動著一顆熾熱燃燒的心靈，就如同挪威莊嚴風景中奔躥的水流與無法預知的暴雨一般，瞬息萬變，難以捉摸。

從個人的生活經歷來看，從台北到巴黎，尉任之自述始終生活在「室內」的冥想與室外的「風景」之探尋中，這兩種生活方式在一個整全的藝術世界中，原本就是一枚硬幣的兩面。在「室內靜物」的一面，古典音樂是重要的組成部分，古典音樂樂評的寫作難度向來是很高的，而尉任之同樣是為這抽象和菁英的藝術形式，尋找到了一種敘事的基本架構，藝術家的人格和藝術氣質，在一些帶有終極追問意味的主題中呈現出來。馬勒的全部交響曲，背後是一個逝者與永生的追問；舒伯特的冬日靈魂之歌，著意於肉體的殘弱與靈魂的激越之間的悖謬……重要的是，在這些主旨之下，藝術家也必然要還原成為一個個具體的人，以一己之力抵抗時代和命運的種種乖戾，但藝術家仍然不是普通人，因為他有著回應那些終極問題的敏感

與能力，以及創造藝術形式的卓然天分。

提到個人命運在時代的巨掌之中，《室內靜物 窗外風景》還寫到了不少前蘇聯藝術家，作者對這些人物懷有一份特殊的同情和感喟之心，如前蘇聯大提琴家、指揮家羅斯托羅波維奇，格魯吉亞導演寇巴希傑和鋼琴家阿瓦裡亞尼，羅馬尼亞鋼琴家維耶胡等等。極權治理之下的藝術家命運，應該說，這並不是一個十分新鮮的話題，但尉任之的敘述是熨帖這些命途多舛的藝術家之內心世界的。尤其重要的是，他沒有一味把這些人物符號化，而是從他們的藝術表現本身出發，細膩梳理在不同的政治制度，不同的民族之間遷徙時，他們的藝術發生的微妙變化。不僅如此，實際上，他還對他們在政治上的叛逆姿態作出了反思。

在這裡，你可以從另一個側面，讀出《室內靜物 窗外風景》一書所真正持守的東西：藝術價值本身。也可以看出這種持守之艱難，不然它將不成其為高貴和稀有。很長一段時間以來，我們總是在爭論，有關民族、階層、國家等等的一系列利益紛爭，和藝術之間的關係究竟是什麼，也在反覆思考，作為人性本身的弱點和限制，對於藝術創作來說究竟是損害，還是某種更深層的動因。說到底，藝術當然是人類所有的物質與精神活動的一種鏡像，它本應包含古往今來一切陷落的東西。但是，一種對於藝術的自足與自律的想像也從來沒有停止過，縱然它在今天已經顯得有些過時。有人說尉任之的這本書是「反潮流」的寫作，因為他仍然執著地要在藝術家身上找出他們超拔凡俗的緣由，而我以為最重要的是，藝術作品本是表達我們每一個人身上所具有的生命力，只有允許那些巨大靈魂作為嚮導的人類，才能聽見前路傳來的歌聲。借用尉任之在書裡引用的帕斯捷爾納克的詩句，作為這篇文章的結尾：

> 我孤獨佇立，偽善者皆為主宰，
> 活著過一生，究竟不是兒戲。

【張屏瑾，上海同濟大學中文系副教授】

不美之中見悲憫
注視《走拍台灣》

施依吾

允晨文化

同樣是攝影集,有些書刊,美則美矣,景中無人;有些題材,真則真矣,似少同情?還有些著作,善則善矣,為免失真。近年有道是:「台灣最美的風景,是人」,此說隱含之意,亦即觸目所見,無可觀者;然則此說為真乎?抑或僅為一時情緒之言?

謝三泰《走拍台灣》,是在不美之中見悲憫,不善之中見溫情;何謂不美?何謂不美?車流壅塞、管線交錯、鐵窗人生、海岸肉粽,海報狂貼、皆可謂不美;何謂不善?陽宅陰宅雜處、地下水超抽、勞動階層貧困邊緣掙扎、工業汙染商業炒作,皆可為之不善……然則淨從穢生,明從闇出,不美之中,豈無悲憫溫情?

《走拍台灣》沒有血淋淋的控訴,沒有沈重無奈的悲情,沒有「原來台灣也有媲美歐洲的景觀」,也沒有實在已經氾濫的老者與童顏。每一幅畫面呈現的是這島上兩種極端的並存,遊覽車上的聲光享受與隔壁卡車上赤膊沈睡的工人、兒童遊樂場與彷若違和的墓園、公車站牌與似乎不該共存的浪花、還有……計分板上,該有觀眾嗎?

「其一也一,其不一也一」,是莊子齊物論通達包容的精神,如同紅樹林裡似乎不該有個洋娃娃,但若紅樹林中真的有個洋娃娃,這是醜?不美?不該?不道德?又或者如同我們觸目所及,這就是最能代表台灣最草根的精神:在矛盾中

共生？

這不是一本以「美」為出發點的攝影集，但每個對立之中，作者悲憫，讀者當有所感觸。

說圖：

「水表」（《走拍台灣》P74-75，以下僅註明頁碼）、**「烏來溫泉」**（P76-77）：「管線多」，是台灣的特色，這景觀不「美」，但「數大便是」什麼？這兩幅照片，不算「數大便是美」，但「數大」畢竟是震驚、畢竟是驚悚；水管裡流的什麼？是「功能」；因為需求，所以「多」；為了滿足需求，所以「大」。那麼當功能完成了，需求滿足了，這一路留下的是什麼？是機械美？還是機能醜？下一代，也許沒有天然溫泉，因為都被「我們」抽走了。

「鳥籠社區」（P88-89）：果茂社區其實在我故鄉附近，我路過此地無數次，從來不忍拿出相機拍攝過。這張照片讓我想起一則莊子關於「自得」的寓言，哲人懷疑「如果為了『得到』卻反而被其所困，那這樣還能算『自得』嗎？如果為了滿足『「想要」卻反而失去了『自己』，那麼被關在籠子裡的斑鳩與貓頭鷹，不也算是『優遊自在』嗎？」

我想我們和哲人口中的斑鳩與貓頭鷹，大約只有一點不同：無論如何，野鳥不會主動把自己關入牢籠裡，但人會；甚至把這處牢籠，稱之為「家」！

「肉粽角」（P92-93）、**「等待」**（P96-97）：這兩張照片可以視作一組對照，究竟海岸線，應該長怎樣？

沒有肉粽角的時代，「海」可能吞沒「路」，為何背海的男孩，目無懼色？有肉粽角的時代，人把海隔絕在外，其實「海」一樣可以吞沒路，但看不到海，會不會讓我們更怕海？台灣四面環海，有趣的是，其實我們很怕海，我們怕海剝奪一

水表

管路奇景

切，所以我們築起高牆，試圖把海排除在外；但是當高牆逐起後，看不到海，是不是反而讓我們更怕海？恐懼來自無知，究竟是什麼原因，導致我們要選擇無知呢？

「**屏東佳冬**」（P70-71）、「**管路奇景**」（P72-73）：兩張照片同被作者歸入「奇幻之島」，所謂「奇幻」，難道不是「這個畫面不合理」之意？

小小漁村，為何有這麼多電線桿？人口稀少，為何有這麼多水路管線？插滿電桿，原來不是自己用，抽乾了是帶累積的地下水，原來是為了一飽他人的口腹之慾。最後地陷了、環境毀了，「台灣經濟

奇蹟」似乎就是在這樣矛盾的情境中成全的。但究竟成全了誰？又毀了誰呢？

「**湯圍溝**」（P116-117）：曾幾何時，「當地菜農、菜販，閒暇之餘輕鬆一下，袒裎相見的最佳處所」，如今卻是高級溫泉旅館林立，觀光客攻城掠地，溫泉水溫直直落。莫非往昔的單純，就算竭澤而漁之後，怕也終究無法恢復了？湯圍溝是庶民的自在與自由，錢潮來了以後，車多了、物價貴了、倒是袒裎相見的自由，也被觀光客給淹沒了。

「**遊樂場**」（P146-147）、「**安平公墓**」（P148-149）：華人社會中，人鬼殊

途，陰宅陽宅，是要分清楚的；但如同這本作品集中諸多矛盾並存的畫面，墓仔埔緊鄰住宅區，墳頭旁兒童嬉鬧，我們究竟該用什麼眼光看待這件事？人皆有不忍人之心，若真有選擇餘地，誰願久居於此？於是孩童天真的眼神令人更覺殘酷：他們尚不知自己處於何等被剝削之情境，這是小確幸？又或者是黎明前、暗夜中的自我解嘲？

「升旗典禮」（P162-163）：大多數人應該不清楚其他國家人民，用什麼方式去認識自己國家？但清楚的是我們這代人認識國家的方式：每天早上固定流程的升旗、向國旗敬禮、獎懲公告、政令宣導、解散回教室或解散回家……。國家是什麼？國旗的意義？相信對多數人來說，只是個大略存在的概念；島內戲言「我不瞭解你的明白」、「你不清楚我的明白」，似乎最能說明國家認同窘態，或許自幼開始，升旗始終是場行禮如儀，卻只是「過場」的表演程序。

「熱情的迎賓舞」（P150-151）：孩子的照片為總是很迷人？因為孩子就是他自己，他不委屈自己成為他人眼中的形像，他也不知道自己在他人眼中標籤的評價，他們還沒被「我想」屈就，還沒為「我要」疲於奔命，他們不清楚，也無須知道自己在他人眼中的形像。孩子就是

「我是」：他是他自己。這提醒了所有觀眾：「你還是不是你自己？」

「搶珠、搶拍」（P157-158）：台灣攝影亂象之一，在脫序的攝影者身上。他們平日未必真心關懷特定主題，一旦聽聞某些畫面難得一見，卻又形影相隨，無孔不入。這些攝影者，人數可能比主題多，肆意放置腳架佔位淹沒主體，為了構圖乾淨砍伐老樹，人走後，甚至無自覺的留下大批垃圾，更別說為了一個鏡頭，入侵真正參與者的動線。

拍攝者畢竟是客，本應有所節制；被攝者才是主，需要被關注與尊重。攝影者豈能不尊重自己的拍攝主體？為了滿足幾張自己想拍的照片，亂入動線，反客為主，干擾活動，喧賓奪主，這是十足的「入侵」，哪裡還是攝影呢？

攝影行為中，攝影者往往不會意識到為求一張好圖，自己成為入侵者。這不但是對自己專業的不尊重，也是對被攝者的不尊重；如此就算得一好圖，意義何在？攝影不該只用來滿足自身的衝動，不是每張照片都必需符合格式規矩的美感，或許適時放下相機，用「心」看世界，會比無禮的切入主體，還來得正當。

「布希鞋也流行」（P196-197）：有時一張「好照片」，指的不是構圖精湛或情感動人，而是紀錄了一個前所未見，後

所未聞，僅存在於某個特定時空的時代片段，比方說「布希鞋」。

這張照片，也許算不上「動人」，也不是所謂「絕景」，不過是一群人穿著一款後來迅速退了流行的鞋子，意義在哪裡？意義在於，他提醒了我們：潮流起滅有多快？人類集體瘋狂，再集體遺忘的速度有多快？還有，一個左右世界的強國之首，被遺忘的速度，又有多快？

一個人物當紅時，各類事物，爭相比附；反之當一個人物被遺忘時，所有與他曾經同榮的事物，也跟著一併同朽。一切有為法，如夢幻泡影，有心人，當戒慎恐懼。

「羅斯福路海報」（P202-203）：「我們那個時代」無論美好不美好，時過境遷後，總是美好的；時間沖淡悲情，喧囂反思純淨，舊時代當下無論多麼不盡人意，總有那麼一點溫暖。不過所謂「純淨」亦不過是相對而言，生命本質的蠢動，少不了對「性」的好奇。彷彿每個地方都有默許的情色空間存在，「我們那年代」，那種有點色色的女體海報，是多少少年郎基礎性教育的啟蒙處？

歌廳秀、電影海報，逐漸淡出我們的生活，新一代少年幾乎已遍尋不著的歌廳海報，改在網路上尋求虛擬的刺激。回頭想想究竟該如何說這海報的時代意義？或許就是：「那是純樸的年代裡，少數可以公然欣賞女體的灰色存在」

「不速之客」（P188-189）、**「城市風景」**（P190-191）：人類具有立體視覺，但照片畢竟是平面的，當「人」走在廣告看板前，照片中重疊的影像，就會有意外的樂趣。看板是假，人物是真，但當真實人物融入虛假看板中，假做真實真亦假，作品假戲真作，作品因此真實了。

「車內車外」（P124）**「請上座」**：年輕時，你的人生重心是什麼？中年時，你的人生重心是什麼？年長時，你看待自己的態度是什麼？那麼在你尚未年輕，更非年長時，你在想什麼？

年輕，追求的是自由、奔放、無拘

車內車外

無束，可能根本不屑追求遮風避雨之處，認為那是桎梏、認為那是負累。年長了，家庭事業兩頭燒，稍有可喜之處，在有個所謂的家，有個安穩之處，有了所謂「圓滿」。只是為了家庭就失了自由，有了自由卻又遠離了保護，人生兩難，總是不可得兼。

那麼，嬰兒呢？嬰兒「是」他自己，他是最純粹的為自己活，他不追求時尚，也還未被所謂經濟生活桎梏；只是最自由的靈魂，至於他的形體，卻哪裡都不能去。他只能乖乖待在他的安全座椅上。有一天，他會和追風少年一般，渴望飛出牢籠；接著他也會像如今載他的人一般，在屋頂下面對世界，不得不低頭。

這些事，嬰孩還不知道，此刻他擁有最自我的靈魂，和最少可能的行動自由。只是當他長大，或許他會發現，他終究還是沒有行動自由，而他的靈魂，卻常處於不得不屈服的「妥協」。

我們總是在身不由己時，才開始思索「究竟我是誰」，弔詭的是，當年「我就是我」時，我卻哪也去不了。直到某天我終於真的想通了，屆時我是不是指能坐在輪椅上，看著他人繼續追尋那些我曾問過自己的問題呢？（**請上座**（P124-125）、**移工與輪椅族**（P118-119））

也許有一天，我們再次發現自己是誰，只是當我們想清楚時，又再次失去了自由。

勞動群象與輪

所有勞動者的圖像，都讓人反思：他們為何在這裡？他們的工作成果在哪裡？在整個產業鏈中，他們又扮演什麼位置？靠山的原住民青年為何在海港打工？建築工人的努力成果，能否讓自己入住？辛苦的採集作業後，是誰吃掉了生鮮海產？又是用什麼價位吃掉了海產？至於在海風中、烈日下工作的婦女們……雖然男女平權，但觀圖者總不免想知道：「他們的家人在哪裡？這麼辛勞的工作環境，又為何讓她們在這裡？」

照片不能提供問題的答案，但照片本身，也是答案，它逼使讀者思考，誰願意離鄉背井？誰願意辛酸勞動？誰願意在冰冷海風中拋頭露面？誰願意一事勞碌，卻只是為人作嫁？儘管照片本身並不控訴「誰是剝削者？誰是掠奪者？」但所有看到照片的讀者們，應有心驚肉跳之感，因為，我們似乎也是血淋淋剝削者的……共犯結構。

畢竟事實，總是如此矛盾的存在。

【施依吾，輔仁大學中文系兼任助理教授，自由人文攝影師】

主旋律、副旋律
謝三泰《走拍台灣》印象

趙依

翻閱謝三泰新近推出的攝影集《走拍台灣》時，我迴圈播放了一首鋼琴曲——《My Soul》。這首由韓國音樂人July創作的鋼琴曲，在中國大陸被翻譯成《憂傷還是快樂》並且漸漸流傳開來。《My Soul》之所以被喚為「憂傷還是快樂」，是因為其主旋律透露著一股淡然的憂傷，而副旋律又充盈著漸次開闊的歡快。兩種矛盾節拍構成的情感張力，拉扯調和出大氣沉穩的格局意境。《走拍台灣》大概與我擅自添加的配樂一拍即合，它一方面用照片的排列組合來構成敘述，一方面借助文字對拍攝地點、時間和意圖進行說明，一主一次，從兩個維度向觀眾表達著攝影師對拍攝對象的詮釋：攝影師的視線，就這樣與我們每個人的記憶與經驗交叉重合，我們相應在主副旋律裡各自創造著對攝影師的理解與認同。

《走拍台灣》裡近百幅照片，有的出自數碼相機，有的則由底片沖洗，依照攝影師四處走拍的主題，被劃分為「浮光掠影」、「勞動群像」、「奇幻之島」、「人生四季」、「常民風景」、「城市探戈」六個部分。其中相當一部分是傳統紀實故事作品，而攝影師卻賦予它們架空的身分和虛構的名字，讓現實與虛構之間的界線變得模糊不清，建構出虛實交織的紀錄式場景。還有一部分作品具有強烈的個人化抓拍風格，顯示出攝影師敏銳豐沛的感受能力，給予觀眾關鍵性的、持續性的啟示。

主旋律：圖像

傳統攝影師注重自然風光攝影，天然生態、質樸本色等未經雕飾的美學尺規和藝術境界驅使他們朝著大美大奇的自然風光奔走拍攝。謝三泰亦如此。他熱愛家

鄉、立足本土，把台灣的奇特風光定格為圖像，這也是一種突出地域特色的創作選擇。與眾不同的是，謝三泰並非無休止地重複、複製那些缺乏感悟的風光，而是根據自己：「出生在一個沒有火車、山脈、大河與小溪」之地的實際，準確定位出專屬於自己的創作方向：他開始用相機作畫，很自然地「用自己的方式觀察周遭的人事」，並以「珍視」的眼光聚焦這些「可以拍一輩子的題目」，這甚至帶有中國古代哲學主張的「天人合一」意味，人們表現客觀景物必定注入情感，情景交融，托物言志，獨特的民俗風情、人文地理、社會形態，給謝三泰攝影創作才華的施展提供了千載難逢的天時地利，他從不間斷地尋找自己要反映的一個又一個題材及其諸多面向，在走拍中逐一呈現各個題材的社會意義、歷史意義、政治意義、文化意義、經濟意義，每張照片既單獨地在視覺上成為了好照片，又在見證社會、環境等諸多變遷的基礎上傳達個人的資訊與態度。

正如謝三泰在此書自序中覺察到的攝影大眾化和日常化形勢，新時期的攝影師們既主動又被迫地開始探索新的攝影藝術發展道路，其表徵之一即是攝影創作的內容與形式都朝著專題化的方向邁進，以此提升攝影作品的資訊與文化含量。於是他們馬不停蹄地奔走在各地，抽出時間投身於百姓群中，以啟動的生命意識起興，發酵著他們對鄉親和鄉情的關注。在《走拍台灣》中，攝影師於經意與不經意之間以細節折射大時代，無論走到哪裡，他的鏡頭都屬意於縱深的現實，他不僅僅要表現人與社會的變遷，時光的流逝，更重要的是企圖再現往日流動的時光，那些被拍攝的人物，他們的故事仍在繼續講述——對於生活在當下的我們來說，只要時代在變，鏡頭就會不斷向前延伸，鏡頭裡的內容也就不停變化——給「存在」本身保留時間的確然，已經稱得上是一份不小的擔當。

謝三泰的拍攝很自然，不乏將寫實主義風格發揮到極致的作品，這似乎是攝

影師在反思後重拾自我的本土化傾向，這是一種最真實的符號化表現，沒有什麼比影像所呈現的真實感更真實地反映出攝影師的個體主觀性，不同文化背景、生活環境以及視覺經驗都會使不同的人在對影像真實的選擇上產生差異。謝三泰「生長在一個貧窮的家庭，從小就得自食其力」，城市這個有機體，雖是生態、經濟和文化三種基本過程的綜合產物和人類文明的自然生息地，對他而言，仍屬於「陌生的風景」，受自身感受與間接經驗的影響，他傾心於台灣的「歷史、土地和人們」，城市空間背後的那些「生活與苦難」成為他無法忽視的「成長過程中熟悉的面孔」。黑白的照片給人以厚重的歷史感，這種歷史感也來自攝影技術，滄桑與沉重得益於底片時期對光量的保留。懷舊所表達的情緒不僅是對過去的嚮往，同時也源自某種痛感和焦慮，人們可能在某種程度上對劇烈變動的現實生活不滿，繼而轉入對某種自我同一與連續性的尋求與彌補。

在全球化背景下，地域界限早已模糊，外來文化已經不可逆地成為人們生活中習焉不察的添加劑乃至必需品，因此，對於城市人與城市文化的體認，比展露城市形態本身更加深刻。而就攝影作品對台灣本土文化記憶的梳理而言，攝影師對拍攝主體的把控描述及其對敘事情緒的呈現決定了其品質的好壞，觀眾的觀感永遠被情緒渲染，他們內心深處的柔軟方澤一經氤氳，感受便卸下防備，變得真實起來。正如《走拍台灣》六個部分裡或多或少的老照片，與現在的影像相比，老照片更強調一種過去的情態，觀眾在欣賞整本攝影集時自然對老照片矚目更多，或留心過去人物的風貌，或在意那個年代的風物。畢竟，我們熟悉現在，並與過去的一切永遠有距離，這種人皆有之的懷舊情緒成為攝影師走拍創作的主動意識與審美傾向。

謝三泰所記錄下來的每一處影像都飽含著背後的人文背景，廣義上的生活總是指向簡單、真實和不刻意，美和感動都來源於最基礎的生活。謝三泰的幾本攝影集都映射了他與之相適且一以貫之的創作

美學，觀念主導觀察，形式服從現實，而為觀念的哲學性、影像的表現力以及二者的統一性的精益求精所做的努力，具體到新鮮出爐的《走拍台灣》上，似乎「文字」成為了一個繞不開的話題。

副旋律：文字

《走拍台灣》將記錄當下生活的照片與老照片進行對照，構成過去與現在影像的對話，歷史既還給歷史，同時也饋贈今天，而每一部分前置的幾段文字和每張照片的旁白說明，都成為這場跨時空對話的最佳伴侶。

人類文化所要探索的重要方面之一便是人的心性。所謂「不怪不城市」，人類心性的幽暗幽深之處正是以城市為掩體發展成長起來。如果說影像保存了某個時間點，那麼它波及的範圍也就毫無疑問的廣，例如城市與建築、生活方式和服飾裝束、重要人物和歷史事件、著名機構以及特定人群……它是某重要背景，也是一時一地之靈感和材料。《走拍台灣》之所以

算得上成功，很重要的原因是謝三泰直覺到了這一點，攝影集始終保有底層化和平民化的特色，喚起了普通觀眾的親切之感。單從圖像觀之，傳統紀實故事作品在現實與虛構之間模糊不清，建構出虛實交織的紀錄式場景，以人物為主的抓拍作品憑藉攝影師的敏銳洞察為觀眾提供關鍵性的、持續性的啟示。而針對底層與弱勢的視野，與宏觀歷史敘述不同，它並不具有強烈的意識形態，而是講述平民百姓的零碎經歷，可以說構成了個人化的微觀歷史。而面對一幅幅微觀歷史圖景，如何確定其意義，如何判定它的顯性和隱性價值，我有點躡手躡腳，這並不是因為我缺乏頭緒，而是影像勾起的頭緒太多——但凡合乎邏輯的觀點往往都能成為闡釋的有效補充，也正是因為理解與認同的繁複所帶來的不確定性，如我這般欠缺安全感又患有強迫症的觀眾才連連呼喚並感激攝影集裡的全部文字。

事實上，在中國傳統文學中，很早就存在一種「圖文體」的文體表現方式，

「圖書」一稱名副其實，有書必有圖。《管子‧小臣》載：「昔人之受命者，龍龜假，河出圖，洛出書，地出乘黃，今三祥未見有者。」《周易‧繫辭》：「河出圖，洛出書，聖人則之。」陶淵明有詩曰：「泛覽周王傳，流觀山海圖」。古人閱讀，「置圖於左，置書於右；索象於圖，索理於書」，「思」與「視」相輔相成。然而圖像的獨立並不容易，以中國傳統文學史論之，即便等到明清繡像小說戲曲勃興，其中的圖像仍未能全部承擔起書寫歷史或講述故事的職能。直到1884年《點石齋畫報》的創辦，畫報體經由「以文配圖」變革「以圖配文」，才確立了以圖像為主體的新文體，圖像不再從屬於文字，文字反而成為了圖像的附庸和補充。

把問題引向了圖像的能指與所指，其關係的固定一來基於視覺經驗到的日常生活，二來得益於語言形象。具體到《走拍台灣》，我一方面憑藉語言的能指欣喜於對攝影師拍攝意圖的了然，另一方面又因語言的具象消解圖像所指的豐盛而略感無聊。這或許是由於攝影師的拍攝乃根源於對現實的複製和再現，其圖像敘述側重於敘事，而自由靈活的語言敘述則使圖像的表意具體、直接、全面和深刻，因此在這種情況下，攝影集的主副旋律（圖像與文字）偶見倒掛，它們在意義上相互建構又在意蘊上相互解構，它們相得益彰又相形見絀，我這名笨拙的觀眾時而茅塞頓開又時而一竅不通，不知道多元的矛盾性，本身算不算得上是一種情懷與腔調？

這種具有強烈情緒化和選擇性的我之一己的觀看有些任性，謝三泰的攝影創作實踐實際上啟發我們持續思考一種關於文體的超越：如何拓展和深化與圖像相配合的文學風格？攝影圖像與語言文字如何實現一種既相互聯繫又相互獨立的藝術張力？這首大氣沉穩的「名曲」將由攝影師與時空的一切共同譜寫。

【趙依，魯迅文學院教研部講師】

漂流在洪荒時代之外
讀梁鴻的《神聖家族》

李桂芳

中信出版集團

繼兩部深受好評的非虛構紀實文學《中國在梁庄》（2010）和《出梁庄記》（2013）之後，梁鴻新近推出短篇小說集《神聖家族》（2015），展現其對「鄉愁」的衍異，該如何說它是「人與物的海洋」呢？村莊的神聖與美麗在天空，而天空不同層次的藍，如海洋般深邃而寧靜。在那裡，少年阿清的眼睛穿越天空的盡頭，遠方還要更遠方，風景裡有悠緩的詩意，還有尚且曖昧難明的生活慾望；在那裡，湍水、河坡裡和老槐樹，充滿著古老的時間和幻化的幽靈──縣城裡的村莊們，不只是一頁風景，梁鴻筆下的鄉愁也並非是直觀的舊莊回憶，梁鴻曾言：「當我們談論鄉愁的時候都把它作為一種感性的概念，一種情緒的表達，好像之前有個桃花源在等著我們，而我們把它破壞掉了，其實鄉愁是一個最普通的概念，每個離家的人都有這種感覺……」世界走出去了，家卻變得更遠了，作為體現中國當代縣城集體命運的作手，日常如何作為一種反覆的重演？人的集體命運和一座縣城的生命史又如何讓人走近內化的文明？虛構的吳鎮，是中國當代城鄉設計底下，一場又一場集體移動的鄉民史，也是隱匿在北漂和後現代鄉野之間的生活傳奇。

梁鴻筆下的《神聖家族》以人的生活作為一組組群體的塑像，隨著中國現代化圖景巨幅的移動，市場經濟的快速重組又潰散，中國農村世界緊追著現代化的腳步，而他們的物質生活又不若城市的型態。真正的社會理想，終告曇花一現，而沒能留下什麼樣的精神痕跡，如是現代化「轉型的黑洞」，將這群受傷的人們遠遠拋向被遺忘的世間，他們不論如何在舊庄和新城之間流離，這些受傷了、落敗的人們，依舊是被鑲嵌在當代中國城鄉設計藍圖的邊緣，他們或許仍舊回到縣城，然而，他們的廢弛、瘋狂和荒涼，甚而是死亡，同時也為縣城的生命史投下一道逆光的暗影。梁鴻在書的扉頁摘記了馬克思、恩格斯在《神聖家族》的一段名言：「他為自己建立起一個神聖家族，正像孤獨的上帝渴望在神聖家族裡消除，他同個社會相隔絕的苦悶一樣。」在這本早期馬克思、恩格斯的著作中標誌著青年馬克思、恩格斯對現代化歷程的批判和再批判，同時也是主要批評德國唯心主義者侈談革命的空洞。梁鴻儘管用了和馬克思、恩格斯的同一書名，兩者之間，如她所言，雖未有直接的關連。然而，她所描繪自身對中國村落精神史的失落，和當代社會圖像的

觀察，不也時時自覺不必要陷入唯名論者的泥淖；倘若你細心跟著書中十二個短篇的人物和空間地理來按圖索驥，就能發現看似獨立成章的各篇，實則是內在有肌理的相連，讀者一方面透過人物行動的敘述走入吳鎮，彷彿具體而微的看見吳鎮小診所裡沉默候診的病患，來來去去的流動街景，小診所再過去是小店鋪，再來是美容院，梁鴻點出一個鄉鎮的街市核心，從這些小商家的經濟活動，不僅僅顯現縣城趨向現代化的雛形，卻也說明地方鄉里間種種人性和階級的爭奪，市街上藏匿著無數的眼睛，像風的耳朵，住進每個人的心裡……包括兩組書封設計，一面是樹人從黑色的剪影裡長出沈默的枝椏，一面是全黑的封底烙印著一朵灰雲飄過的痕跡，相映首尾兩篇小說的人物形象，更可傳達該書所具有的象徵力量。當代中國還有多少個「吳鎮」？那些走出去了又回來，或者再也走不出去的人們，比憂傷更沉著的悲歡離合，連廢棄的生命都感到時代寡淡到無足輕重，梁鴻筆下這一組組中國現代化農村的精神和物質的變動歷程，像被新時代疾駛的列車遠遠拋向不知名的洪荒之世，他們還能回到怎樣的傳統？或者奮不顧身衝破舊街巷屋的界線，也擾亂了新世

界的價值秩序？

李維史陀（Claude Levi-Strauss）曾說：「城鎮和交響曲或詩都是同性質的事物……城鎮既是自然裡面的客體，同時也是文化的主體；它既是個體，也是群體；是真實，也是夢幻。」李維史陀說的是：一座城鎮剛好就站在自然和人造物之間的交界處，而梁鴻創造吳鎮，自有其有機的演化和美學的創造。她巧妙地運用首篇〈一朵發光的雲在吳鎮上空移動〉，猶如詩句的篇名，除了藏匿樹屋少年阿清最魔幻的眼神，事實上，在同一片天空下，末篇的〈好人藍偉〉也在最後遺留下同一行詩句，首尾相映，再度喚起我們記取首篇陰翳天空底下少年唯一反抗的眼神，和可怕的堅決——如是書寫路徑，像是作者透過小說人物故意遺留的閱讀線索，我們也幾乎可以從末篇〈好人藍偉〉寬解的笑容背後，讀見梁鴻最柔情的「訴訟」，那些曾被傾軋的心理痕跡，被話語覆蓋的溫柔，被撕裂佔領的傷痕，是這些人們走回縣城變為具體的一部份。然而，到底吳鎮的人向怎樣的世界進行訴訟呢？〈一朵發光的雲在吳鎮上空移動〉記錄著鎮南鎮北長期斡旋地方利益的悲喜劇，有為了配合國家發展，準備大興土木，提議蓋廣場建

涼亭的地方代表吳保國，也有兩方各淌渾水私下收賄的吳振國，偏偏吳振國的兒子阿清為著整個村莊擔憂百年的老槐樹就要沒有了家，於是，乾脆爬上樹屋當家當起護樹少年，小大人似的口吻，其實，更尖銳地道出成人世界的偽善。繁密的樹枒覆蓋著少年渴望被溫柔聆聽的陰影，少年渴望在天空飛翔的吶喊，所有來不及分辨的勇氣，成了風雨中付出的成長代價。梁鴻正視現代化已經到了家門口，當舊有的空間遭到破壞，如何服膺國家律法？儘管原本看似各行其事的兩路人馬，最後仍然不敵現代化尖銳的刀刃，老槐樹被連根刨除了，新的空間不再滋養童年時光，卻也意味著少年阿清原本堅信的理想和愛，最後只能埋藏在水泥叢林整齊劃一的市容裡。

〈大操場〉同樣也反映梁鴻思考當代中國農村居處現代化空間設計的定位問題。鎮裡的大操場曾是煞氣極重的行刑場，人們總是繪聲繪影地講述五十年代反革命年代遭受整肅的陰慘事蹟，耆老們口耳傳授當年殺頭的血腥景象，可怕而清晰，風水師算命仙們眾口鑠金，大操場邊上的釘子戶吳傳有的家成了一道獨特的風景線，卻因外來資金介入而進行房地產買賣有了新的轉機。梁鴻不無反諷的將人們

內心可怖的不安和恐懼，形成一種對過去和未來的暗示；當過去反革命年代的血腥傳聞再不足畏時，唯有讓新的城鎮誕生，才能夠再次重構一個美麗新世界。行刑場的血腥曾是被人們排除的陰翳空間，然而，等到人們都在瘋炒房地產，整個城市到處都是大工地，所有一切階級間劇烈的鬥爭，且成了城市史前史的遺骸。

〈許家亮蓋屋〉描寫許家亮孤寡一人，由於不是農村五保戶，生活失了保障，在地代表前倨後恭，希望以納保的方式讓他離開原來風雨飄搖的舊居，然而，許家亮拒絕了，他寧願一個人孤僻的在暗夜裡打地洞，讓人生真真實實的駐紮在地，在他挖了個大大的地洞開始生活時，他所展開的地洞人生活似一場後現代的洞窟物語。本來無人聞問的許家亮忽地成了吳鎮的大新聞，當他拒絕與當權者妥協的對抗過程，反而惹來了媒體嗜血的報導。梁鴻經常處這樣兩個不同的世界，一邊是故交舊情的交際，一邊是萬事做絕不留餘地的爭奪，在媒體面前，許家亮豁的一下成了待援的弱勢釘子戶，他的憨傻和固執，不論是孤軍奮戰，或真有媒體和其他村民可以並肩作戰，經年累月的抗爭，正足以說明國家權力的介入，是無法容納這

些流落者的安居想像，這些事與願違的核心，也凸顯國家律法的權力腐化，是如何以進行一場場名之為現代空間計劃的改造工程，「正義」的一方如何在合法和非法之間強加他的子民，被強制、被驅離的不需要一個堂而皇之的理由，而任何現代化空間圖景的社會改造和階層流動，也不再依隨在地心聲，當是如此，也就連根拔除了所謂「鄉」的意義。

《神聖家族》既名之為家族，顯示梁鴻在作品當中處理了一系列人物，其中寫得尤其好的幾篇，其實都跟人物的瘋狂、迷失和疾病有關。〈聖徒德泉〉描寫少年德泉騷亂於封閉的村莊，和情慾化的母親之間有著糾葛的原生情結，他寧願在自己的領地當孤獨的國王。然而，他獨特的雙眼卻能夠在透視吳鎮那些隱匿在不知名角落的黑暗靈魂，德泉經常離開他不幸的家庭而穿梭在吳鎮，期間為了拯救屠夫吳經常被虐打的兒子，甚至半夜擄走了少年，直到少年負傷住院驚動鄰里，少年才稍稍得到父親寬慰的溫情。梁鴻處裡這些村莊的人情世故，自有一股將不幸事件重新賦予意義的詮釋，如同表面上德泉困鎖在封閉的道德世界裡，當村民繪聲繪影傳播瘋人德泉的事蹟，德泉像是家鄉的守護

神為睡不著覺的黑色靈魂守夜，那些被不幸拋置在鄉野之外的殘缺心靈，只有德泉才可能住進他們心中的城堡。〈到第二條河去游泳〉同樣也是處理迷失心靈，乍見篇名，似乎帶著夏日飛揚的氣息，然而，這是少婦投河自盡的故事，吳鎮的河水流淌無數飄流的命運，許多人因病因窮無法慾望繼續生活下去，便投河自盡。少婦來到不再流動的湍水，然而，南水北送的國家工程，使得新建的水壩硬生生地攔截了流水的去向，梁鴻寫這位少婦孤獨漂流的內心獨白，一面思索女性和村莊的命運，連死亡都如此寡味，象徵龐大現代化工程的攔水壩，如同阻卻了一個村莊的生命史。梁鴻筆下有情的凝視世態的無情和殘忍，透過一條河流的生命史，訴說千古以來的女性與哀愁。〈漂流〉寫無眠者張醫生冷眼旁觀被棄的失智老婦，輪椅老婦不知誰人家的母親，每天被推出來曬太陽，日常生活是一場儀式，附近居民輪流將她的輪椅像日晷一樣的移動，繼而有附近調皮無知的孩子惡意的推搡和笑鬧，將輪椅老婦當成遊戲機推前推後，甚至從高處往下墜，令人驚怖的是老婦受了傷還是笑得天真，時隔許久之後，老婦才又出現，彷彿之前未曾消失。梁鴻寫日常生活的偶然、隨機和恐怖，失智的老婦像幽靈一樣，是縣城居民生活裡可有可無的念想，然而每個人卻都被這種奇異的黑暗和恐懼所侵襲，彷彿預見未知的命運，恐懼跌落在老婦荒漠一般停滯的笑容裡。

梁鴻筆下的男女關係雖不脫市井氣的泥淖，卻也在煙火人氣和生活欲望間達成某種「喜劇性」的平衡。縣城裡的人際網絡輻輳，個體命運和情感意願，還有階級的升降，不免因著婚戀關係而有所變化。梁鴻筆下的〈美人彩虹〉寫彩虹和丈夫羅建設之間的假性夫妻生活，彩虹是自營的小商，隨著縣城間經濟型態日益蓬勃，女性躍上了權力和經濟的要角，彩虹從美妝自營商到海外跑單幫，經濟地位大幅躍升，反倒是丈夫別無長物的成了妻子的「受雇者」，夫妻之間剩下冰冷的利益計算，性事潦草到彼此憂患怎樣各取所需。直到丈夫羅建設偷情小姑娘的戲碼上演，這位喪失尊嚴的丈夫才豁然想起自己有過夢想，然而，時間消弭了情感輪廓的起伏，夫妻間多了不可饒恕的怨懟和折磨。梁鴻一方面描繪當代女性因經濟強勢帶來的自信，從而改變過去女性依附婚姻的附屬地位，然而，認識兩性矛盾如同社會的矛盾是同一的，女性經濟自主帶來了

崇尚物質經濟的炫耀和虛榮，向下沈淪的不光是對物質的野心，也包含兩性感情的危機，而男女從屬關係的翻轉，又何以重蹈兩性矛盾裡揮之不去的不安、恐慌和尊嚴的喪失？

〈楊鳳喜〉描寫一位曾是鄉里有口皆碑的知青楊鳳喜，由於婚配攀上了行將退休的鄉書記女兒周香蘭。周女愛上窮小子，硬是拆散楊鳳喜和舊愛，多年以後，周香蘭體悟到自己的婚姻不是因為愛，而是靠勢得來的，強摘的果子，結局並不甜美。梁鴻意識到這些出身農村，前途頗看好的青年，早年多因階級成分不純，透過婚姻看似躍升了階級，但楊鳳喜原本自詡是天生的官胚子，過去因為貧窮的磨練，輪到底還是因為階級而被打回原形，楊鳳喜退休的岳父失去權力後，再也沒能幫上女婿，升官無望，夫妻交惡，使得楊鳳喜面對自我的軟弱更加受挫，而沈溺於網路交友；梁鴻幾處寫到縣城村鄰惡意窺探的流言，對照人情世故的醜惡和卑鄙，鮮明地指出農村破產之後的虛無感；如同〈那個明亮的雪天下午〉海紅回憶幼年逃家的繼母，在真假丈夫互揭瘡疤的當下，除了鄰里流言蜚語的中傷外，還多了一道愛情道德的災難。海紅回憶往事，有著傷逝的

悵惘，遙想和青梅竹馬清飛和良光的成長故事，良光雖依賴海紅溫柔的母性，然而，海紅複雜的家族身世使她逃跑了，青春之歌不會永遠延不輟，少女海紅將過往彌封在被遺棄的封閉之中。想起和良光在雪天裡遇上惡作劇，倆人初嚐性冒險的滋味，回來之後卻各懷心事的分手，儘管日後海紅又和死黨清飛有過一段熱烈的交往，但也在各自成長後，分道揚鑣。小說結尾是成年之後的清飛因著經濟重擔成了煤炭車伕，恰恰與海紅在返鄉的高速道路旁，回絕彼此的注視而錯身。梁鴻寫少女海紅多了向年少時光贖回記憶的柔情，那些並未完全領略的芳美氣息，在注視愛情災難無以回絕的傷口背後，它同時指陳當代個體的情感意願，如何顯現社會、階級和經濟層層機制作用下的角力場。

〈明亮的憂傷〉寫鄉間教師的地位低下，力爭上游的明亮是縣城裡少數沒有離鄉的守護者，多年後，他殷切等待海紅返鄉分享榮耀，然而，明亮競選校長鎩羽而歸。梁鴻再度描寫這一批在城圈裡被禁錮多年的小知識份子形象，中年的衰敗和頹廢，甚至病弱，無有作為。少年的本質清亮無垢，而當人們意識到昔我往矣，多年前等待存在那裡的結果，真的足以召喚

一個曾經美好的嚮往嗎？〈好人藍偉〉的藍偉也曾是同學鄉里之間的好人代表，任何事找他一定可以達成圓滿的答案，然而，這樣的特質在他自己不和諧的婚姻關係，卻被老婆豔春奚落成討好型的人格表演，一種表演的善心。他的妻子豔春總是充滿生活欲望，而倆人終究還是分開來，離婚之後回吳鎮當閒差的藍偉，因一場豔遇婚外情給抓包，遂頹然地當起了逍遙散人，盛年的藍偉，不可思議的待在沙廠沈默地當守衛。縣城的經濟或許比過去的農村社會富裕些，然而，梁鴻筆下這群青壯卻苦無出路，從熱情向上走到妥協，甚而是猥瑣，他們的本質可有共通之處？理想究竟要不要和時間爭辯命運？什麼樣的生命姿態才足以免於被時間遺忘的殘酷？如果縣城毫無出路，這股瀰漫在鄉間的情懷，如何不變成一種內在的耗弱？我們透過藍偉彷彿看見少年對未來生活的希望和愛，但它同時也意味著隨著歲月的磨損，而選擇一種妥協的釋懷，縣城的日常和慣性等同，並且始終給予人們安於人間喜劇的千百種理由。也許，梁鴻要問的還有：這些人們的失序和不安，或者是他們試圖努力去採取一種荒謬，甚或是絕望的姿態來抵抗一種秩序的日常。

只有遺忘的天空底，才會擠滿一群失去眼睛的人們，然而，並沒有人告訴孩子後來的天空是什麼樣的顏色？中國當代的鄉土文學面對著農村破產和精神荒廢的課題，還能有怎樣的出路？梁鴻說「是不是所有的農村都要變成城市，我也沒有答案。」在這個新世紀，對於價值的提出如何更為具體地化身在小說世界，這個層面的確是難以描述的，它不單單是社會科學的任務，也包含小說語言如何在虛構和非虛構之間描繪其意識的投影。鄉村的圖景和民間的日常趣味，並非典型意義上的鄉土，也不是去謳歌自然之美的純樸小調；魯迅的故鄉魯鎮充滿著濃厚陰鬱的地方色彩和傳統，沈從文筆下悠然素樸的湘西世界，大抵也是一去不返的。過去鄉土文學的返鄉欲望的敘述，以及其為鄉土／現代所作的辯護，可視為現代化歷程的反撲，同時也是人性荒野的見證。而梁鴻作為當代中國城鄉圖景的見證者，彷彿帶領我們目睹縣城的今日彷彿漂流在洪荒之世以外，這裡沒有詩意、牧歌的田園情調，而是預示了當代混沌未明的歷史時刻，在此混亂、紛擾和沉墜的環境下，同時印驗人性與家園的罪刑和瘋狂。

【李桂芳，輔仁大學跨文化研究所博士候選人】

文學與重力

梁鴻的《神聖家族》

張定浩

一

伊壁鳩魯認為，重力是物質的根本而固有的性質。但牛頓反對這一種說法，「重力比如是由一個按一定規律行事的主宰所造成，但這個主宰是物質的還是非物質的，我卻留給了讀者自己去考慮」。牛頓並不奢望理解重力產生的原因，他看見有這麼一種力量的存在，用辛勤的測算找到它的規律，並用它解釋大到星辰小到原子的運動。「物體為重力所吸向地球，地球反過來以相等的力被吸向物體……我在此使用吸引一詞是廣義的，泛指物體相互趨近的一切天然傾向。」事物之間天然有兩種關係，一種是相互聯繫，一種是相互排斥，諾思洛普・弗萊曾把事物相互聯繫的一面稱之為，文學。

這樣來看，思考文學就是在思考萬有引力（進而，由於主要的文學都是在關心大地上的事務，因此，思考文學就主要是在思考重力）。這是一個比喻。而所有的比喻，都在試圖將異質之物牽引到一起，如同萬有引力。一個新比喻會令人震驚，久而久之，人們會習慣它，接受它，使用它，未必就理解它。如馬赫對牛頓重力理論的指認，「從非同尋常的不可理解性變成了一種尋常的不可理解性」。一旦習以為常，大多數人就不再思考它。很多我們賴以生存的比喻也是如此。人可以在不可理解中生活，只要這成為一種常態，人害怕非常態，而不是害怕不可理解。

因此所有好的文學還有一個特質，那就是對不可理解的接受，就像牛頓擱置對重力原因的理解，他推託給上帝，好的文學也把這任務推託給讀者。

對於文學，還有一種古老的說法，認為它來自記憶。我認為這和重力的訴求並不矛盾。事實上，重力，也可以看作物質的一種記憶，對於墜落的記憶。這記憶來自舊約，晨曦之子從天空墜落，帶來撒旦之惡，也分開了天地。比較一下中國盤

古的神話，天地的成形源自一個人的長成，中國的天地是被人的長成分開的，而不是神的墜落。

我們都無法否認記憶的重量。就是那些記憶力最好的人最終拿起筆開始寫小說。但小說要處理的記憶，往往是一些令人不愉快的事情，或者簡稱為惡，現代小說尤然，撒旦總是更富魅力的天使。德里羅的小說《天使埃斯梅拉達》，一群修士在貧民窟的斷壁殘垣上塗鴉，每死去一個人就畫上一個天使，十二歲的少女埃斯梅拉達被人強姦之後從樓頂扔下，變成牆上的天使。阿利斯泰爾・麥克勞德的小說《秋》，一頭和一家人相依為命的忠貞老馬，被父親和母親合謀出賣，用詭計騙上駛向屠宰場的卡車。這樣悲苦動人的小說可以無限制地舉例下去。現代小說，就在面對和挖掘這些惡和難過，討好它們。我知道這樣的小說相當精彩，飽滿，富有力量，但我就是難以熱愛。這麼說，並非要無視所有人世悲苦煩憂，我也深知這些屬人的不愉快是人類生活必須接受的重力，但所有活下去的人，不是依靠悲苦活下去的，而是依靠歡樂或者對歡樂的希望。

二

在2013年撰寫的長文《艱難的「重返」》中，梁鴻反思她兩部影響深遠的「梁庄」之作。她談到某種有意無意的「塑造」，「通過修辭、拿捏、刪加和渲染，我在塑造一種生活形態，一種風景，不管是『荒涼』還是『倔強』，都是我的詞語，而非它們本來如此，雖然它是什麼樣子我們從來不知道。我也隱約看見了我的前輩們對鄉村的塑造，在每一句每一詞裡，都在完成某種形象⋯⋯我們不自覺地按照閏土、祥林嫂、阿Q的形象去理解並繼續塑造鄉村生命和精神狀態，它已經變為一種知識進入作家的常識之中」。

她談到真實，文學的真實與社會學的真實，它們之間的錯綜糾葛，「文學能夠溢出文學之外而引起一些重要的社會思考，我想，這並不是文學的羞恥。相反，這一文學應該具備的素質之一離當代文學越來越遠了。同時，文學文體並非有某種固定的模式，一個寫作者如果能夠用一種新的結構使文學內部被打開，那無疑是一件幸運的事情。但同時，我也意識到，如果多數人僅從社會學方面來理解這兩本書，也恰恰說明它們可能存在著一些問題。文學的結構沒有在文學性和社會性之間形成一種張力，而讓一方遮蔽了另一方，這說明文本在某些層面還不夠成熟」。

她也談到自己，有些時候，她清楚

地感知「我是梁庄人」，另一些時刻，她明白，「你不是梁庄人，你已經習慣了明窗淨几的、安然的生活，你早已失去了對另一種生活的承受力和真正的理解力」，有些話語僅僅是「作為一個外部人對村莊內部生命的簡單化理解」。

她進而談到寫作與生活的關係，她談到誠摯的寫作者面對無力改變的他人苦難生活時都具有的虛無感和負罪感，但她沒有就此止步，而是繼續向前追索，「我們把這種負罪感轉化為一種憐憫並投射到他們的生活中，以減輕自己應該承擔的重量，同時，也使自己很好地脫責。這是一種更深的不公⋯⋯梁庄再次失去其存在的主體性和真實性」。

對梁鴻而言，梁庄是一個記憶深處的沉重之物。通過《中國在梁庄》和《出梁庄記》，她將這種沉重之物釋放出來，引起相當的反響，並收穫很高的聲譽，但她並沒有因此就覺得輕快，或得意，相反，她感受到新的沉重。《艱難的「重返」》是一次嚴厲而準確的自我審視，她不再企圖為梁庄之沉重找到某種確切的原因，抑或出路。推動巨石上山，再看它轟隆隆地發出驚天動地的墜落聲響，她有點厭倦於這樣略顯虛妄的反抗者角色，也許巨石的命運就是在谷底，而她應當成為谷

底的守護者，在放棄將巨石推向世界之後，世界反倒或許會緩緩地向巨石湧來，按照萬有引力的原則。

《神聖家族》，或《雲下吳鎮》，這當代文學中難得一見的小小傑作，也就誕生於這樣誠實的決心和嶄新的實踐中。

三

僅僅從某種構建「文學地域」或「文學故鄉」的角度，並不能觸及《神聖家族》的特殊之處。八十年代以來的當代中國小說中，已經有了太多「文學地域」，在大多數情況下，它們的存在只是源自某種懶惰和取巧。當莫言宣稱，「福克納的那個約克納帕塔法縣始終是一個縣，而我在不到十年的時間內就把我的高密東北鄉變成了一個非常現代的城市」，我們會覺察出某種非常古怪和熟悉的氣味，無數曾經形形色色的中國小縣城似乎就是在這樣富有氣魄的執政宣言中走向面目模糊和醜陋的現代化的。「變成了非常現代城市」的高密東北鄉，已經抽空了原有的內核，成為某種面向世界講述中國故事、完成「文學王國」建設的成功學案例。

梁鴻似乎志不在此。在一篇有關《神聖家族》的創作談中，她說：「我並不想讓『吳鎮』本身具有過於本質的意義，我

並不想讓地域性成為敘說它的起點，只是一種必要的空間和形態。人有所依附，有所生長，背後有天空、大地和氣息，它們一起參與了人的發生發展，但都只是元素，最終我們看到的還是這個人。」

要從人的角度，而非地域或鄉土的角度，去感受梁鴻的這部吳鎮小說集。我喜歡這部小說集裡的人，他們每個人都在大聲而響亮的說話，用各種方式。我們聽見奶奶嬸嬸圍著村支書吳保國吵架，聽見老單身漢許家亮眉飛色舞地沖著大夥宣布自己上訪的路線圖，聽見醫生毅志家的姊妹妯娌一邊包餃子一邊閒聊鎮上的風流韻事，聽見胃癌晚期的張曉霞在病床上罵天罵地罵所有辜負她的人，聽見少女海紅落在雪地上的眼淚，我們甚至聽見巨大的沉默，一聲不吭的聖徒德良端走在夜晚的街巷河坡，收集吳鎮深處的聲音，甚至，我們聽見死者的聲音，她們前前後後地躺在河水之上，笑著訴說各自的命運。

他們不再是活在知識份子焦慮眼神中的、黯淡彎曲的木刻，也不再有義務背負某種時代象徵或道德寓意，他們無需病相報告式的分析，更不屑成為某些小說家陳舊歷史觀和主題先行論的工具。那喧嚷沸騰的十字街市，鬧哄哄的酒桌，各懷心事的床榻，和那些吳鎮的草木、道路、清

真寺、教堂、拐角樓一起，和烏雲以及深藏在雲朵之後的陽光一起，構成自然的一部分。畫鬼容易畫犬馬難，相較於百年漢語小說中太多鬼魅似的鄉土人物，吳鎮裡的生命，雖然也似乎黯淡平庸，但那都是白天的生命，在發光的雲層之下。

四

《神聖家族》中共有十二篇「吳鎮」故事，每篇大體以一兩個人物為核心，又不拘囿於此。在這部小說集還沒有動筆之前，梁鴻曾在文章中略微提及蘆焚的《果園城記》，一部上世紀三四十年出現的、同樣描寫河南中原鄉土的文學珍品，其文體上的散點透視與抒情敘事雜糅，或許對梁鴻亦有影響，但比較一下它們之間的差異或許更加有益。

在《果園城記》中，作者如同一個影子，一點點滑過那些曾無比熟悉的人與物，看著他們正無可挽回地走向衰頹，看著他們深陷於命定的沉淪氣氛之中，那些青春和夢想都成為「瓶香」般的回憶，嫋嫋不絕，與此同時，作者在沉痛中又力求自持，他期待做一個說書人，十八篇「果園城記」似乎就是一篇說書，說的是古老小城的白雲蒼狗。這種把現實生活視為有距離的歷史，以一個旁觀者的態度加以冷

峻審視的作法，後來在林斤瀾乃至尋根文學那裡都得到了更為集中的表現。

然而梁鴻並不滿意於此種「異域的、俯視的眼睛」，雖然我們的鄉土百年來似乎一直被這樣的眼睛所觀察和描述，但梁鴻隱隱約約期待的，是「村莊、農民、植物具有主體性、敞開性，並擁有自我的性格和邏輯，獲得和作者平等的視野甚至對抗性」。《神聖家族》的寫作可以說就萌生於這種對鄉土文學史和鄉土本身雙重浸潤後的反撥。

散點透視、集腋成裘的小說文體，中西皆有，在中國，是《湘行散記》、《呼蘭河傳》、《果園城記》；在西方，是《獵人筆記》、《都柏林人》、《小城畸人》、《米格爾街》，等等。但《神聖家族》的特別處在於，透過這種一眼望去似乎就可以立刻歸類的標誌性文體，它裡面的幾乎每一篇又具有一種獨特的、與某個文學傳統暗相牽連的特殊文體，這種獨特性，源自其講述的人物，和這個人物的精神氣質乃至遭遇息息相關。比如開篇〈一朵發光的雲在吳鎮上空移動〉，寫少年阿清，有向卡爾維諾的「輕盈」致敬之意；〈許家亮蓋屋〉，則暗暗指向高曉聲的《李順大造屋》，卻是完全另一種脫離了政治導向的自由自在；〈肉頭〉寫一群女

人的圍爐閒話，其多聲部的形神俱肖，話題在不動聲色中的跌宕翻轉與收束，已接近喬伊絲《死者》中對一場大型聖誕聚會的控制力和感受力。

更值得一提的是〈楊鳳喜〉一篇，寫男女情事，表面上彷彿路遙《人生》的翻版，是一個男人在愛情和功名之間的艱難抉擇，但越讀下去，就會發現越沒有那麼簡單，其中沒有人是無辜的，也沒有什麼堪供批判的物件，更重要的是，也沒有所謂好壞參半的「第三種人」。在《神聖家族》的作者這裡，所有人都是相似的，他們就是在一團曖昧不明中生活，他們不是幾種「經過整理的人性」的代言者。正如只有在人的眼睛裡，麻雀時而是害鳥時而是益鳥，在好和壞的知識教養背後，隱藏的是權力的眼睛。這一點，從尼采到福柯，反覆申訴，幾乎已成為一個健全的多元社會中的常識。現代文學的能量、意識以及機智，其實都來自於對那經過權力的眼睛整理過的虛假生活的猛烈抨擊，而小說家的天職，按照亨利·詹姆斯的說法，是去描繪那未經整理的生活，去想像和創造那缺失的真實世界。在那裡，麻雀就是麻雀，土撥鼠就是土撥鼠，它們之間的碰撞不是善與惡、好和壞的碰撞，而是一個生靈與另一個生靈之間喜怒哀樂的碰撞。

而在《楊鳳喜》中，乃至《神聖家族》的更多篇章中，我們終於看到的，就是在當代小說中久違的、「未經整理的生活」。

當然，還有未經整理的死亡。〈到第二條河去游泳〉，寫一個婦女在母親自殺之後，也去跳河，在河中遇到一個個同樣自殺的亡靈，她們一起有說有笑地沿河而下。我們可以想到《佩德羅‧巴拉莫》，但它之於梁鴻，不再是某種先鋒文學式的點金術和拿來主義，而是深藏在對人世悲苦歡欣的一體性認識中。

五

淚水和笑聲的重力加速度，是相同的，它們應當同時抵達我們，或你們。那些致力於不愉快的二流小說並沒有撒謊，只不過它們掩蓋或無視了另一部分真實，為了效果。

尼采講過一個法國人的故事。他說，「高貴的人甚至不會長時間地對敵人、對不幸、對不當行為耿耿於懷——這是天性強大的標誌。這種天性中包含著豐富的塑造力、複製力和治癒力，還有教人忘卻的力量。（這方面很好的例子，是現代世界的米拉波。他記不住別人對他的侮辱和誹謗，所以也不存在原諒的問題，因為他——已經忘記了）。這樣的人，身軀

一抖就可以抖掉身上無數的蝨子，而在別人那裡，這些蝨子會鑽進他們的身體」。

這也是類似《伊利亞特》那樣早期人類的生命態度。那些英雄紛紛在塵土中死去，讓人憐憫，卻不僅僅只是為了讓人難過。「苦難產生了歌吟，而歌吟帶來歡愉。」文學，是對重力和記憶的接受，以及不斷地克服，和歡愉。就像：

「小丑在空中秋千上穿梭時，完全忘卻了重力。」

這句話，是從伊阪幸太郎的小說《重力小丑》裡面摘錄的。除此之外，關於這本小說，在我的筆記本上還留下另外一句：

「真正重要的東西就要明朗地傳達出來，就像背負之物越重，腳步就該越輕一樣。」

【張定浩，上海市作家協會《上海文學》編輯】

成為更好的人？
讀張楚《梵高的火柴》

沈芳序

花城出版社

《梵高的火柴》同名篇章，寫了男同性戀（雙性戀？）海鵬與渙之的故事。主力卻放在年輕就守寡的海鵬母親身上。母親到底是怎麼看待這段同志戀情？她以自己的方式在「消化」這件事。看起來是消極被動地承受了，卻始終沒能真的接受。年夜裡，讓兒子的同性戀人入門了，「想去拉他的手，可手都抬起來了，又硬生生壓回去。她也不曉得自己是怎樣的想法。」這種掙扎，她藉由宗教來開解，從「若見諸相非相，則見如來」，來辯證「佛」之所在；兒子境遇之所在。

這「豁達」只消走出自己的老房子，「看到街坊鄰居、看到滿目新鮮的遊客、歐式建築、看到有軌電車、地鐵、看到蝴蝶犬、馬戲團的猴子和蟒蛇、看到騎著馬的漂亮女巡警、天上的飛機⋯⋯一種深入骨髓的負罪感又潛入每條毛細血管。」對比於這些尋常存在於現實的大眾事物，這個寡母對於兒子的「理解」，只能存在於個人的、靈性的宗教空間裡。張楚以這種方式，巧妙地點出同性戀情的不見容於世。

暴瘦的海鵬得的是愛滋病嗎？文中說的模糊「可海鵬說，這種病，就是上帝懲罰他們這種人的，從來沒有人能笑到最後。」〈梵高的火柴〉，讓我想到台灣藝術家侯俊明和十九位匿名受訪者所共同完成的作品《男洞》，這個作品赤裸並且露骨地披露了男同志的情欲告白。在一張張告白前，懸空聳立著畫像。正面是告白者的白色自畫像，背面則為畫家為之所做的黑色塑像。一幅幅人物畫，昭告的是介於黑白之間的「兩面性」，在這些告白裡，也不乏提到自己的愛滋病史和父母態度的。蹲在這些紀錄前閱讀，像是在瞻仰一座座的墳墓與墓誌銘，未死的匿名者，其

實過著充滿死亡隱喻的生活。我一直在想，如果張楚作品中的海鵬現身，他會寫出怎樣版本的告白？

這篇作品的最後，以一種親情的佔有，來涵括海鵬故事的結尾：「她只有將衣襟掀開，將冰涼的錦盒貼在自己耷拉著的、乾癟的雙乳之上，似乎唯有如此，方能把海鵬的魂靈攥得緊些、再緊些。」這種護子的母性，在這個同志戀情的悲劇裡，讀來竟有些可怖。海鵬病後，就在旁悉心照顧他的情人渙之，於海鵬死後，竟連他一小把的骨灰都要不到。在身體的擁有權上，死後的海鵬，再次被收納入母親的身旁，這種「回歸」，竟像種掙脫不了的禁錮。

〈安葬薔薇〉裡，說的則是一個女兒夭折的男子。在他過往如牧歌般未竟的戀情中，曾有個叫瑩瑩的女孩，寄給他以各種音樂為背景，重複以藏語呢喃「我愛你」的磁帶，但主角從未聽懂，最後還娶了自己不愛的女人。這篇作品，讓我在意的仍是母親的角色。「她年輕時曾是桃源鎮紅極一時的紅衛兵，一生中最驕傲的事，就是在天安門廣場見過五回主席」，這個年少活躍的女人，臨老仍主導了兒子的婚事，促成了兒子的不幸。

張楚強烈打破神聖性的企圖。這種企圖，呈現在男子懷抱著將與瑩瑩相見的

興奮時，女兒隨即降生夭折。一手促成兒子婚姻的母親，最後親手埋葬了早夭孫女的屍體。張楚在文末，更揭露了這個號稱見過五次毛主席的女人，其實「從未真正看過他哪怕一眼？她的個子太矮了，那些瘋狂尖叫的孩子把她擠壓在重疊的變形的身體之間，鼻子裡滿是黏糊糊的汗味兒，她只有大聲喊叫著：『毛主席萬歲！毛主席萬歲！』可她聽不到自己的聲音。」在鎮天的喊叫裡，這個當時十五歲的女孩，初潮來襲，她被這未知的出血驚嚇，絕望地嚎啕大哭。巧合的是，多年後，喪女的兒子，也在這本應神聖的時刻（女兒出世），隨即大聲嚎哭。

在女兒死去的前一晚，男子曾在庭院摘下一朵薔薇，並且祈求上帝護祐女兒平安。不料隔日，枯萎的除了薔薇，還有女兒的生命與他對上帝（瑩瑩也喜歡使用「上帝」一詞）短暫的信仰。這欲被拿來與女兒同埋葬的「薔薇」，實則也指涉了神蹟（女兒度過難關）與神話（他與瑩瑩的愛）。

〈櫻桃記〉，則是一則佚失童年／童貞的故事。右手只長了三根手指的櫻桃，被羅小軍一幫人盯上，以霸凌開始的關係，卻慢慢質變成一種「追趕」。對於櫻桃來說，比起回家，被羅小軍等人搗胸，用紅領巾勒額頭，都算是「閒散時光」。

因為，回家就得面對不會笑，終日只是縫製阿拉伯睡袍的母親；個把月回家一趟，就拉著母親進房的繼父。而羅小軍之於那群欺負櫻桃的男孩來說，又像是一條蛇，「這條蛇知道她在想些什麼」。

在其他人終於轉而尾隨漂亮女孩後，羅小軍仍執拗地追逐著全校跑得最快的櫻桃。直到他穿上哥哥的溜冰鞋，才捉住了她。在這段漫長的對峙裡，櫻桃曾以為羅小軍「想追她追一輩子嗎？」而羅小軍到底為什麼要追櫻桃？當他追到櫻桃時，卻只是凝視、打量著櫻桃，就此就再也沒有理過她了。幾年後，櫻桃知道羅小軍收集地圖，開始讓繼父給她帶回「一張嶄新的東北三省地圖，還拿了北京、上海和南京的交通地圖」，但當櫻桃撿拾羅小軍遺落的地圖時，卻才發現男孩嚮往的是那個叫布宜諾斯艾利斯的地方。櫻桃與羅小軍的「格格不入」，在這種細微處展現，格外使人感到刺痛。「羅小軍幹嘛迷戀這些與清水鎮不相干的東西呢？看不到真的水和村鎮，看不到真的街道和人，所有真的，都被虛擬成單調的顏色，所有立體的，都被投影成平面。」羅小軍當年追著櫻桃，像不像是追趕著一種虛擬捉不到的「東西」；等到他捉到了，也就沒有興致了。櫻桃對他來說，終究只能是那個「追不上

的女孩」，這種近似虛擬的存在，才有價值。等到櫻桃成為一個跟著他走路上學，想要喚住他的普通女孩時，她就只是清水鎮裡，再普通不過的一個人。清水鎮，並不在布宜諾艾利斯裡。

「地圖」，對於羅小軍和櫻桃來說，都是走向未知世界的指引。只是櫻桃的未知世界，是以「強暴」的方式，領著她走進去。煤礦工人的繼父，在櫻桃尚小時，總是給她帶回一些沾有黑色煤渣的零食。要將這些甜食入口，櫻桃得先用繡花針，剔除這些亮晶晶的礦物，繼父對於櫻桃來說就是，「他給她帶來甜美的食物，同時順便給她帶來些不必要的麻煩」。等到櫻桃長成了一副成熟的女性身軀，繼父應她所求地帶回一張張地圖，但他索討的回報，卻是肉慾。「櫻桃感覺身下的地圖嗦嗦著響動，她能想像得到那地圖被壓成條條摺皺，沉悶地掙扎，而那座叫巴黎的城市，正在以平面的形式坍塌，就像她身上的那具硬梆梆的身體和一條硬梆梆的蛇，它們野獸般吼叫著，正要把她壓成一張平面地圖……」櫻桃在「巴黎」上頭被強暴。從此，櫻桃成了一個大人。當她執拗地想要把那張《巴黎交通地圖》送給羅小軍時，其實複製了兒時羅小軍在她身上，沒道理的執拗。追到了，就可以結束了。

櫻桃想：「一定親自把這張地圖送給羅小軍。以後，她再也不為他收集那些華而不實的東西了。」在〈櫻桃記〉裡，張楚以「奔跑」的意象，串起時光，與純真的流逝。起跑其實是為了結束，只是一切並不那麼容易被結束。

而〈關於雪的部分說法〉，則是藉由一通通顏路打給米佩的電話，為讀者勾勒出一對感情好的夫婦（米佩和車站值夜班的妻子），與一對無法相愛的同志戀人（顏路和小軒）樣貌。此外，還為這兩對戀人，安排了兩種很脫離現實的「寵物」：米佩在小區花園捉到的刺蝟，顏路則從東北夾帶回叫「小鴨子」的狼。倘若如此書文案所說的「在這部小說集裡，作者用文字啟動了12種愛情模式」；那麼〈關於雪的部分說法〉說的大抵就是「謊言」這件事了。夜裡到車站看望妻子的米佩，被動「參與」了妻子的偷情；顏路其實早就殺死了自己的同性戀人。

原本是「她做愛時夜鷹般的呢喃聲常常讓我在一個人的時間裡神情恍惚。我體味到愛一個人是多麼自由美好的事情。」後來卻演變成米佩前往車站探望妻子時，意外在廁所聽到她與另個男人歡愛的聲響，「我甚至知道了那個女人通常在何種情況下會得到滿足。她還喜歡在高潮來臨前發出夜鶯般美妙的呢喃聲……」。原本是顏路在電話中跟米佩說，小軒去了澳大利亞；真相卻是沒有小軒這個人，只有叫「狼」的情人被顏路殺害。張楚在這篇作品中，如實表達了存在於愛情中的暴力。米佩在得知妻子出軌的盛怒下，殺死了刺蝟，「我把瑞士軍刀從它柔軟的小腹抽出，擱到我的頭頂上空凝望著。一些黑色的血順著刀身緩慢流淌，另一些血，則像暗夜裡盛開的細碎花朵，在鋼刃處，支離破碎地。」這隻刺蝟，不但是妻子的替死鬼，也象徵了愛情。當米佩殺死了刺蝟，他對妻子不再有激情與愛情，「我們通常機械地操作著彼此的肉體，讓那些汗水和身體的皮屑混淆著弄髒床單或者地毯，然後用毛巾擦掉遺留下的痕跡。」而顏路則是在「狼」去了東北賺皮肉錢後，為了殺他，第一次出遠門。他把這個愛了五年的男人肢解，帶回了以福馬林浸泡過的手指、兩只蠟封的耳朵和生殖器。接著就開始不停打電話給只見過一次面的米佩，重新編寫另一個男主角根本不存在的謊言。

〈略知她一二〉，是整本書中，我最偏愛的作品。二〇〇九年，台灣上演了一齣偶像劇「敗犬女王」；三十三歲的單無雙與二十五歲的盧卡斯談起了一場姊弟

戀。偶像劇終究是偶像劇，完滿結局的設定，只能停留在現代都會的高端知識份子上。回到張楚筆下，這份女大男小的戀情，顯得卑微、見不得光。大學生與和母親年齡差不多的宿舍阿姨，發生了關係。這其間的「愛」很稀薄，反倒比較像是兩個溺水要滅頂之人，捉著了彼此。如果不是二十歲生日的那晚，他和那個下身有著蝸牛般腥臭氣味的小姐，什麼都沒做；如果不是遇見她，如果不是學校恰好停電；那麼他們之間什麼都不會發生。就只是剛剛好罷了，沒有太多的鋪陳，更無所謂曖昧，就只是碰到了。

這樣的「一時碰撞」，倒激出一些憐惜來。她開始給他準備便當，她為自己被孩子吸癟的乳房感到虧欠；這些都讓他心中湧起暖意，開始有了點牽掛。但這是「愛」嗎？「他從來沒有談過戀愛，他不知道、也不敢琢磨這是否就是戀愛。」在還來不及確認前，一切就被打散了。他不小心打開了「潘朵拉的盒子」，那個放在冰箱的布袋裡，其實裝著她死去女兒的心臟，很顯然那是個他無法參與也不想參與的故事。自此又像是蒲島太郎打開了不該開的箱子，歲月一下子現形：「他甚至厭棄起她的身體。怎能沉湎於一具如此衰老的肉身？想起她脂肪隆起的小腹，想起她遼闊粗糙的後背，想起她比乳鴿還小的乳房，覺得一切寡淡無味，甚而隱隱鄙夷起來。」而最殘忍的，不是男子袖手旁觀她被欺負；最殘忍的是臨到故事尾聲，我們才和「他」，一塊知道了「她」的名字叫安秀茹。

原來，在這段露水姻緣裡，女子從來都是沒有名姓的存在。一個始終沒有問，一個始終沒有說。這只是個陰錯陽差造成的交會。當安秀茹不辭而別後，他開始想起其種種，「他的心臟就被彈簧刀狠狠剜了下，當然，也只是彎了下而已，很快就不疼了。說實話，連他自己都覺得有點意外。」這個反應，倒顯出男主角的世故。對比於隨身帶著死去女兒心臟的婦人，男子很是「成熟」，他早早悟得了「這個世界上有誰不是受害者？他早知道世界的本質是一望無涯的黑」。這篇名也叫人不禁要想，他到底略知安秀茹什麼呢？而當他開始要知道這個女子的真實人生時，他們之間的引力就結束了。這，似乎是個不得不發生的悲劇。卑微而真實，這正是張楚作品的特出處。

一個毫不手軟的作家，正盡力逼出生活最不堪的那面，赤裸裸的要我們去看。

【沈芳序，靜宜大學閱讀書寫創意研發中心
助理教授】

羅曼蒂克的縣城、底層與孤獨

論張楚的中短篇小說

李蔚超

當小說家張楚被論及時，常見的定語是「七○後作家」、「青年作家」以及「河北作家」，這些批評稱謂依憑的正是時下文學界最為簡易、便利而權宜的批評話語──「代際」和「地域」。當我們不假思索地將時間流與歷史流以西元的標準切分為十年一代，我們解釋、釐清和整合的問題，也許與我們遮蔽、忽視和錯置的問題同樣多。在更依賴時間座標的歷史研究領域，英國的霍布斯邦就提出了「短二十世紀」，描述歷史進程與西元紀年之間並不整飭地對仗、融合。而在「七○後」、「河北」作家張楚的身後，通常跟隨著「小鎮／縣城」、「人性深幽」、「敘述綿密」、「語感抒情」等關鍵字，然而這些僅歸之於文學審美的範疇，探究其背後的政治、經濟、文化問題，或可成為討論小說家張楚的另外路徑。

縣與鎮／遠方與城市

不少文學評論者都從張楚小說中看出了空間的審美意義──小鎮、縣城。在中國城與鄉的二元結構中，縣、鎮是居於二元的中間物，縣與城市建制、行政等級相同，而其主要的面向則是鄉村，是協調城與鄉之間的關係。背靠鄉村，面向城市，是中國縣城的基本政治位置。而鎮的規模低於縣，同樣「一頭是農村，一頭是城市」，農業與非農業人口各占一定比例，具有相當規模的工商業。然而，所謂縣／市與鄉／鎮，其行政建制和功能面向的不同，縣的發展以鄉村為依託，以城市化為發展的方向，鄉鎮則包含既有鄉土社會的生產方式和生活習俗，又具有城市的商業文化。而更為特殊並被人們忽略或刻意遺忘的事實在於，鄉鎮的前身或曰建制

基礎，是中國當代史上重要的社會主義鄉村實踐——人民公社，這種曾經結構化地改變了中國農村存留了數千年的生產方式的組織形式。

張楚的小說通常被冠之「小城鎮」、「縣城」小說，然而有趣的是，正如批評界尚未從政治學、社會學及城鄉發展史的角度細分縣／市與鄉／鎮一樣，張楚的小說，因空間的不同——那些將故事設置在通常名之為「桃源縣」與「雲落縣」的小說中，與那些將空間設定於「桃源鎮」或「麻灣」村的小說——在敘事、情節和人物塑造上有著清晰可辨的差異，這種差異同樣尚未被耐心地識別和指認。

李敬澤認為，張楚的小說中：「幾乎所有的人都有一種內在的姿勢：向著遠方。遠方的朋友、遠方的星星和冰雨、遠方的工作和機會，或者僅僅就是不是此地的遠方。」遠方，是一個被詩意的想像裝飾過的辭藻，事實上，如何想像「遠方」，與如何看待「此地」密切相關。遠方的想像正是對理想生活狀態的擬象。張楚的小說裡，縣城大多叫做雲落或桃源。這空靈明淨的名字，正符合了千古文人夢想中遠離俗世的桃花源「行到水窮處，坐看雲起時」，隱於終南山的賢者方有閒情坐看雲起與雲落，領悟人生的無常變幻。然而雲落、桃源像中國大地上的許多曾經山明水秀的縣城一樣，正行進在日益急促的城市化道路上。

在善寫小城鎮生活的作家當中，張楚是為數不多的縣城常駐客之一，更多生長於縣城或鄉鎮的作家們，早已移居大城市，以殘留的記憶和想像的鄉愁書寫家鄉的過往和變遷。於是，小鎮和縣城不止是張楚的紙上文學家園，它與張楚肌膚相親，血脈相連，猶如一張沾滿灰塵的網，張楚居於其中寫自己的小說，熟稔又疲憊，留戀又嫌惡，滿足又不足，張楚如此看待「此地」，小說中有種「總顯得心不在焉的語感」，一種對於敘事物件若即若離的曖昧。

數年前，紀錄片導演張贊波辭掉北京電影學院的講師職位，回到老家邵陽租

地耕田。逃離「北上廣」的呼聲雖甚囂塵上，但是繁花錯眼的大都市仍然是這個時代人人嚮往的天堂。張贊波式的盛世隱者讓張楚困惑、豔羨與敬佩，於是他為這位逃離北上廣的藝術家虛構了一場小城的奇幻之旅，便有了小說《在雲落》。小說裡的縣城生活的幾個主要人物都帶著某種不尋常的精神症候或符號，失眠、臆想症、偏執，沒有誰是正常的。精神疾病、肉體沉屙、身體虐待和戕害謀殺，諸種現代小說的奇觀在張楚的小說中錯落交織。韓少功、賈平凹、蘇童、格非們曾經以現代派小說的審美和藝術手法灌注於社會主義現實主義的文學鄉土社會之中，而今的張楚則以同樣的方式處理他的「小說中的縣城」。北京來的最終還是要回到北京去的。小說的結尾並不讓人意外，在雲落的經歷不過是這個焦慮迷惘的青年藝術家的一次遊魂出竅之旅。這世間本就沒有什麼桃花源，今天的縣城更不是，它只是一個縮小的城市空間，尚未長成、渴望長成、亟待長成的城市。

當張楚將小說放置在鎮與村的空間中時，那些小說有著「鄉下人的土氣」，寫鄉土風物和民俗人情，敘事上少了許多先鋒和荒誕的因數，增添了敘事的客觀性和平實感，呈現了偏於現實主義的樸素風格。在白話文學史上，鄉土小說占了大半部文學史。直至今天，鄉土小說中或寄託了作者對逝去的鄉土伊甸園的懷思，或表達了對現代、城市的批判。這類寫發生在莊、鎮、灣、村的小說中，張楚並無鮮明的批判指向，他無意對發生在鄉土社會上的巨變進行直接的思考和回應，他的關切是那些鄉下人之間的糾葛，以及在糾葛中鄉下人的苦痛和情感，與寫鄉土著稱的作家相比，張楚的這類小說還不夠「土氣」，甚至缺少了縣城小說中「顯得心不在焉，好讓讀者有種鬆弛的、適度的疲憊感」的敘事語感，他的鄉下人小說大多顯得樸實而暖意融融，卻也單薄而過分簡單。

至於《良宵》，不是張楚廣受讚譽的「縣城」小說，小說的故事並不複雜，

退休的戲曲名角／老太太告別城市紅塵，回歸鄉村，頤養天年，遇到了罹患艾滋的孤兒，中國農村的留守兒童現象已經被廣泛關注，同樣獲得魯迅文學獎短篇獎的畢飛宇《哺乳期的女人》是較早關注鄉村兒童命運的小說，而今天農村中青年勞動力離開土地，兒童的撫養大多由祖父母承擔，在城市中，祖父母逐漸加入核心家庭中，參與照顧家庭，兩代人家庭變為三代或隔代家庭，當代中國核心家庭的組合方式已悄然發生變化。如果說，《哺乳期的女人》是以「母乳」女人作為留守兒童代母的話，那麼十幾年後，《良宵》是以歸隱鄉間的城市女性作為代祖母，中國農村家庭的變化獲得了象徵性的文本化。

小鎮青年抑或底層文藝青年？

2016新年伊始，「小鎮青年」忽而成為電影評論界頻頻使用的熱詞，這個尚未被充分學理化、更多存在於感知範圍內的群體，他們的精神消費和審美需求，既受來自大都會和好萊塢文化的影響，同時也反身作用於今天中國電影的生產。於是，「小鎮青年」及其審美成為中國電影爛片當道的「替罪羊」，在電影批評、媒體話語和電影製造者的多重想像和敘事之中，小鎮青年們被看作是一群膚淺而從眾的速食文化消費、明星、粉絲文化的擁躉，一群拒絕文化菁英性和經典性的庸眾。

很多年前，張楚便開始塑造一系列與上述想像迥然相異的「小鎮青年」。張楚的小鎮青年愛讀《查拉圖斯特拉如是說》，愛上喜歡阮玲玉的女孩（〈安葬薔薇〉），在老婆上夜班的冬天裡，貓在家裡看大量的法國文藝電影（〈關於雪的部分說法〉），少女暗戀收集地圖的少年，拿著〈巴黎地鐵圖〉追逐著心上人（〈櫻桃記〉）；不僅是青年，張楚小說中的人物都有著超越此在的文藝心，縣城商人李浩宇，不斷地談論細菌、宇宙的哲思，試圖擺脫道德上的困擾（〈七根孔雀羽毛〉），鄉下來的、在大學宿舍裡做宿管阿姨的中年女性，雅好戲曲和舞蹈（〈略

知她一二〉），「那天陸續來了很多朋友」——這是張楚小說中常見的一句，這些朋友都是縣城裡的文藝青年（〈萊昂的火車〉）。

張楚小說的「人」，從社會階層劃分上，屬於底層這個取消了「無產階級」的馬克思主義色彩的、意指那些無權者、悲慘者、「赤裸的生命」。通行的批評話語裡，那些部分繼承了馬克思主義色彩的批評是從政治經濟學的角度批判、同情底層苦難的書寫，張楚的小說的確與之不同，他的人物的痛苦不是經濟上的，至少並不一目了然來自於物質生活的困乏，而是寫那些精神上無法擺脫的貧賤感。張楚並無社會批判的指向，壓抑了人的心靈、造成人的苦痛的，被混沌噩然地包裹成一個巨大的存在，那就是生活。因而，張楚的小說中的男男女女，幾乎沒有暢然和諧的兩性關係，這種非和睦兩性關係是人的苦痛的源頭、歸處甚至是某種隱喻。在以男性為敘事視角的小說中，女性是神秘不可知的，貪婪好欲，情緒無端變化的，她

們的任性和無情，成為男主人公的痛苦的開始和命運的轉折；而以女性為敘事視角的小說中，男性是危險而富有傷害性的，是侵犯女性的身體、心靈和情感的暴力之源。另外一重通常的心靈苦痛是喪子、憐惜病兒、骨肉分離。短篇小說〈曲別針〉與中篇小說〈七根孔雀羽毛〉是張楚的兩篇代表作。從兩篇小說中我們不難看出張楚小說的敘事路徑，以及內化於小說家自身的情感結構。兩篇小說的主人公擁有許多的共同點，甚至可以說是同一個人物原型的兩種不同。〈曲別針〉裡的志國和〈七根孔雀羽毛〉裡的宗建明，既是受過高等教育的天才，又是日常生活的「廢才」，婚姻的不幸使他們厭棄女人，在面對世界時，他們沒有能力完全投身其間。任何時候，他都與他人、對象、世界保持著些許冷漠的距離，無法懷著簡樸又強烈的感情在現實中隨心所欲地生活，這是張楚小說人物的普遍氣質，唯有憐惜分離的、病弱的孩子使他們顯露出仍具有柔軟的情感和人生的期許，最終也是為了重獲

孩子的相聚和健康，他們鋌而走險自我毀滅。於是，作為喜好、被視為救贖希望的文藝，既照燭這些小鎮青年的命運，又使他們虛妄而絕望。正如張楚小說中那些常常出現的酣醉的男人們一樣，酒、安眠藥以及藝術，都是人們逃離庸常生活、麻痹精神創痛、人為製造幻覺的道具。

從文學接受的角度來說，今天的純文學的閱讀者，大多是城市中的受高等教育者、文學愛好者、文學從業者，換言之，那些具備小資趣味的文藝「青年」們，張楚的小說，以他們可感知的、熟知的方式連接了他們與他們也許並不熟知的人群，「為讀者打開了一個沉默的世界，從而擊中了讀者內心至為柔軟的地方」。

詩意的無所事事與孤獨以及罪惡

張楚的小說中通常有一些「擊中讀者至為柔軟的內心」片段，寫的是主人公孤獨一人的處境和模糊不定、指向不明的情緒。小說家張楚極善捕捉細節的文學才具，他慣於使用重疊綿密的意象和舒緩的敘事語調，讓時間放慢甚至停滯，在緩緩流過的時間裡，人的某種模糊不明的情緒被感知。

現代社會中生活的人們似乎隨時處於某種巨大的焦慮之中，心理學家吉登斯將之命名為「存在性焦慮」，個人的安全感來源於對周遭社會環境及行動的連續一貫的熟悉度與認同感，而生活中的習慣與慣例是個體生活安全感的重要來源。我們周遭的世界變動不居，上下無常，我們的習慣、風俗、傳統不斷在被潛移默化或突兀暴力地改變，我們內心的焦慮不可避免，無法擺脫。而資本與生俱來的膨脹欲，促使人對成功的追求永無止境，於是強調競爭和效率，時間被要求最大化地使用，浪費和蹉跎時間是非理性與不正常的行為。於是，小說、文學以及諸種藝術，喚醒我們無所事事的本能，打破外在力量對人的束縛和規約，後現代主義使得藝術再也不是簡單的審美，藝術變成了認識世界的一種方式，一種對抗。張楚的小說也可以從這個層面獲得意義。

【李蔚超，魯迅文學院教研部講師】

芳香、欲望建構的女性烏托邦

《春香》印象

林偉淑

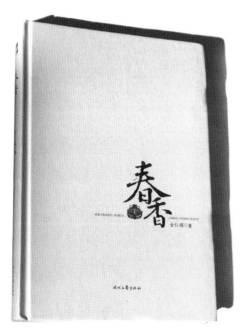

時代文藝出版社

金仁順的長篇小說《春香》，獲得2012年第十屆中國少數民族文學創作駿馬獎，這部長篇小說改寫自韓國古典文學名著《春香傳》。金仁順，生於吉林省，朝鮮族，畢業於吉林藝術學院戲劇文學。她的小說創作中往往能以冷冽、內斂的文字，表述熾熱的情感；敘述語言乾淨、從容，卻又情韻深邃。

《春香傳》相傳故事的原型起源十四世紀，後來成為朝鮮傳統說唱曲藝盤索里的經典劇《春香歌》，後又被文人改寫為《春香傳》，它的流傳有說唱的敘事小說，也有許多不同版本的文本小說，直至今日，韓國將它仍改編成不同的影視作品，在中國也多次改編成地方戲曲。它是韓國文學的經典名著之一，被稱為韓國版的《西廂記》，或被稱為古朝鮮的《羅蜜歐與茱麗葉》。韓國的《春香傳》、日本的《源氏物語》、中國的《紅樓夢》，都是對於女性及愛情有深刻演繹的古典文學

名著。

古朝鮮的《春香傳》講述朝鮮肅宗大王時期，全羅道南原妓女月梅，嫁給貴族階層兩班家成參判，生下無比美麗又知書達禮的女兒春香。二八年華時，她遇上了南原府使李翰林的兒子李夢龍，兩人私訂終身，故事的描述過程是情與欲並重，對於欲望的摹寫直白。不久，李府使調任漢陽，命夢龍隨行並參與科舉，夢龍允諾功成名就後回來迎娶她。然而，新上任的府使卞學道，聽聞春香的美貌，定要納她為妾，春香以烈女不事二夫堅決抗拒，面對卞學道的嚴刑烤打，鮮血淋漓最後將她關入大牢，春香都不屈從。李夢龍高中全羅道的御史後，聽到民間流傳的春香節烈歌，暗服查訪最後營救了春香，兩人團圓，春香後被封為貞烈夫人。

當然，這只是其中一個版本。另一個版本的結局，則是李夢龍在京城與貴族之女結婚，對李夢龍一往情深的春香，最後含恨自殺。

金仁順的《春香》讓春香脫下了「節烈」的封號，她不打算為父權文化凝視下的女子作傳，那些被品德、服從、溫柔、堅貞所限制的女子，沒能有自己的樣貌。關於愛情、關於抉擇，都是她小說裡重要的主題，但她在《春香》裡寫了幾個形象鮮明的女性：藥師李奎景的女兒—就是香夫人、香夫人的女兒春香、老藥師救回來的銀吉、大盜的女兒小單、翰林按察副使夫人。有意思的是「香夫人」是春香的母親，她們居住的地方，名喚「香榭」。在金仁順的筆下，不僅僅寫總以花草甘露為食的「春香」，還寫她那比她更能永保青春的母親「香夫人」。從敘事策略來看，金仁順讓不同的女性展現自己的樣貌，也讓香夫人與春香在新的創作中，相互對比、呼應，甚至成為彼此的詮釋文本。

香榭——
以芳香、流言、男性渴望，佐以分離和殘缺，建立起的女性樂園

中國古典文學中不乏園林建築，以及理想的樂園的描寫。那個一不知有漢無論魏晉的桃花源；或水滸男人們展現兄弟情義的水泊梁山；《紅樓夢》裡寶玉和姐妹們的大觀園，園裡青春無愁歲月不擾，為他們隔絕了塵世裡的庸俗和腐壞，成為人間的別處。

金仁順為《春香》鋪設的「香榭」，融合了「理想樂園」、「榭臺」，與「田園樂土」、「宮殿式建築」的概念。故事一開始，翰林按察副使大人挪用公款，以藥師的香鋪為中心，蓋成一座有二十間寬

敞房間的園林式宅邸，最後這座香榭被密密重重的玫瑰花牆團團圍住。然而這香榭在建造時，將滿園嬌紅的桃花林砍了去，因此，香榭絕不是桃花源，而是激豔地身處在塵世，於是，市井裡翻滾的流言蜚語也在香榭流轉，或漫天飛舞成盤瑟俚藝人、樂師、賃冊屋書生大肆吟唱敘述的故事。香榭，絕不只是一個封閉的樂園，它同時又向欲望開放。

有趣的是，古朝鮮的《春香傳》裡有近乎《金瓶梅》般的性描寫，金仁順的《春香》不同，她以隱喻的方式描寫欲望，不張揚不露骨，但是卻更魅惑。金仁順細膩的筆觸，總能在看似溫潤的文字中暗藏波濤，在這些潮浪裡，將生命的縫隙和愛情的裂痕顯露出來。也總得讀到最後才能看到潮汐退去後，迎上來的是珍珠還是礁石。因此，我們最終看到，香榭覆蓋著的是芳香、流言、男性渴望，佐以分離、死亡和遺憾建立起的女性樂園，只是伊甸園裡當然還要有蘋果和毒蛇。

事實上，整個南原府就是以香夫人為中心的巨大香榭。欲望像玫瑰花海，襲捲了男人們對香夫人的渴望，欲望吐著舌信，吐向長長的未來，直到故事終了。

就在香夫人懷了身孕時，翰林按察副使大人不顧香夫人苦苦哀求，他無視於這一切，仍要離去，他甚至說：「你還要我費多少唇和才肯善罷甘休？！」隨即坐上岳父金吾郎大人派來的馬車，朝向漢城府奔去，然後，他不過是在南原府邊界的林中撒尿，就被毒蛇噬咬脖頸至死。《春香》裡的愛情並沒有堅貞的誓言，當銀吉要香夫人祭拜翰林副使大人時，香夫人對銀吉說：「別忘了，他是先棄了我們，然後才死的。」她還說：「我們就住在他的墳墓裡，還拜什麼拜！」至此，我們該說香榭是女子們的樂園，還是她們是被自己困在這裡的呢？金仁順的書寫繼承了古典文學中，人們對於理想樂園的想像，卻同時也顛覆了人們對於樂園的想望。

是女性身體情欲自主的書寫？或者仍是才子佳人團圓的期待？

金仁順認為她的《春香》不是一個傳奇，她說：「我寫的《春香》，沒有那個『傳』字。因為我寫的不是一個傳奇故事，而是人物，是一個女孩子的成長過程。」那麼，我們要如何來看待《春香》裡的女性呢？

在香榭裡以「大母神」形象存在的是銀吉，大母神的書寫在《紅樓夢》中已十分圓熟。銀吉在《春香》裡是最為傳統的一位女子，堅毅勇敢，卻不被傳統困

住。銀吉是為了照顧所有人而存在的，身世坎坷，也透過她，才能將往事重現，梳理香夫人、外公的過去。

那個作為大盜的女兒小單，被香夫人領回來養，有著古怪脾氣卻又想要和香夫人一樣被男人們包圍愛戴著，更想要成為香榭的主人。但當小單選擇作為書生玉樹的妻子時，春香告誡她永不得回返香榭。如此，小單究竟是「終身有靠」，還是被理想樂園放逐而成為魚眼睛了呢──《紅樓夢》裡寶玉說的，女兒未嫁是無價的珠寶，嫁了人的女人有濁氣，是顆死珠子，更老了就是魚眼睛了。

春香從小喝蜜飲露嚼花瓣為食，換句話說，她合該要長成不食人間煙火味的神仙女孩，但金仁順說：「我的春香是一個獨立的個體，是一個，在面對情感時有正常反應的人，她可以是春香，也可以是夏香、秋香。」春香自然純真，但她可不是在古墓裡長大的，作者讓仍是小男孩的金洙來到香榭，他開啟了春香對食物的接納與欲望──所謂的欲望，自然包括了食和色、性與愛、記憶與遺忘、擁有和失去。儘管她和金洙是二小無猜。

香夫人說，他不是男人──指的是被接到香榭來的教書先生鳳周。鳳周是個酒鬼，他迷戀的是酒而不是女人，所以能

住在女兒國裡。但是當玫瑰盛放，就是周面臨生存考驗之時，他因花香嚴重過敏幾乎致死。直到他吃下春香以桔梗花蜜臘梅果檕樹汁熬煮成的藥汁，歷經嘔吐排洩，淨化後，方能在女兒國活下來。

住在香榭裡的男孩金洙──他是殺了丈夫後自殺死去的歌伎的兒子。等到春香第一次月事來臨，蛻變成為女人的那天，金洙立刻被送到寺院，雖然他曾因擅長泡茶得到香夫人的讚賞──愛慕著香夫人的金洙，幾乎要以為因自己有一手好茶道，得以留在香夫人身邊。最終，他成為雲遊僧，名為智竹。香夫人曾對春香說：「好好想一想，什麼樣的人生是你想要的。越早想通這個道理，你就可以越早開始你的錦繡人生。」春香能選擇自己的人生嗎？話說大盜的女兒小單，被香夫人領回來養，她有著古怪脾氣、俗麗，卻又希望能和香夫人一樣成為香榭的主人被男人們包圍愛戴著。但當小單選擇成為書生玉樹的妻子時，春香告誡她不得再回返香榭。

小說中，金洙和李夢龍戀慕的其實都是香夫人。當李夢龍下情人春香離去時，竟對她說：「春香小姐，我很抱歉無法對你的未來作出承諾，回到漢城府，宛若進入茫茫大海中，我連自己身上會發生怎樣的變故都無法預料。」春香答道：「你用

不著抱歉。」回到文本的細節，金洙和李夢龍，他們的長相、神情都有一些相似之處——這在文本裡淡淡一提，卻很值得回味：究竟春香戀戀難忘的是青梅竹馬金洙，還是她的第一個男人李夢龍呢？又或者，作者要表現的不過是情與欲的並存。

對於女性的闡述，金仁順並不脫離將女性類型化的傾向：銀吉是照顧者，大母神的存在；充滿憤怒又渴望飛上枝頭的小單，是古典文學裡的丫頭角色；至於香夫人又太純粹，絕對地貌美如仙，她是仙是妖，是總也不老的香夫人，一直到她為了救女兒春香，飲下五色酒，香夫人才落入凡間，春香方喚她「母親」；相較之下，春香的形象雖較多元，然而，她的情愛仍是專一，並且服從命運。

沒有選擇的選擇——
抒情傳統的詠歎調

關於抉擇，是一個複雜的描寫，男人們都愛著香夫人，香夫人為了春香的未來／婚姻，飲了「五色」酒，漸漸失去記憶，回到她最素樸的年少。春香，則自覺地成為名妓，她彷彿是接替了香夫人活下去。香夫人自始至終都努力為自己的人生作抉擇；至於春香，她的選擇不多，最終卻也能主動成為名妓。我要談談的是故事的最終——評論者說：「金仁順小說裡面的女性角色，包括春香，她們通常是獨立的，蒼涼的，她們的境遇裡面，透露著她們對這個世界的看法和選擇。」然而，這裡的自覺與選擇，究竟是主動的，還是身不由己的呢？事實上，她們能有多少選擇呢？

故事的最終，李夢龍已成為暗行御史大人，他因為聽了太多傳言，所以來見芳名遠播的春香，他們寒暄，李夢龍看見的不再是從前的春香，而是應對進退已成為「香夫人第二」的春香。春香接續的是香夫人沒能過完的人生，沒能繼續的生活。李夢龍說著傳言裡春香節烈地守著他們的盟約，不願嫁給南原府使卞學道……春香聽到這兒，她打斷李御史大人對於舊情的撩撥，以及對於傳言的想像，她說：「我們這麼久沒見了，大人不是要整個夜晚講這些盤瑟俚故事給我聽吧？」李大人：「你不喜歡聽這些？」春香：「大人說什麼，我都如沐春風，如飲美酒！」

錯過的、遺憾的、流著淚的往事回憶，又走回了抒情的路線。女性身體自主、情欲自決，還是沒能讓春香的情感自由，只解放了欲望。事實上，春香和李夢龍執手淚眼相對，卻沒能說出口的，正是張愛玲《半生緣》裡顧曼楨說對著錯過了

十四年，終於能再見面的戀人沈世鈞說的：「世鈞，我們回不去了。」

故事的旋律最終又回到了對生命的不完滿的敘述，骨子裡仍是對於才子佳人團圓的渴望。

遺忘，才是女性的烏托邦

金仁順的春香依然是被逼婚。有著鷹眼的清官／酷吏的卞學道大人，他被稱為「典獄司裡露齒的瘋狗」，他要求娶春香，但能製藥的春香，卻沒任何能力或條件為自己決定未來，能作抉擇的只有香夫人。金仁順沒有用死亡來彰顯她們，她讓香夫人和卞學道大人同飲了摻了五色藥的酒─那是春香在李夢龍離去後開始精心研製的，關於遺忘的藥。香夫人漸漸忘了過去，然而此時春香不再喚她「香夫人」而是真真切切地喊她「母親」。至此，香夫人將自己活成傳奇的女子。

故事的尾聲，那些來到香榭的男人，有幾個是香夫人的舊識，他們同情香夫人，甚至為她痛哭失聲，但毫無例外的，他們不拒絕留宿在春香的房間裡──這也是金仁順令人驚豔的地方，她的情節鋪陳往往在細節處看到人性的小奸小惡，有時當然也有點悲憫，或者是嘲諷，嘲諷被欲望支配的人們。

春香研製「五色」，那是讓人遺忘的藥物。小說並沒有告訴我們「五色」的藥材是什麼，但是聰慧的春香──她早參透了當年身為藥師的外公，或許不是為了訪道成仙而出走，而是隱姓埋名去過自己的生活。也許聰慧的春香明白了，所有的欲望、情緒，都源自於回憶，以及不斷產生的新的記憶──五色的配方因此是五色五行世界，是五種身體的感官知覺，是「色、受、想、行、識」佛說五蘊。

透過遺忘才能因色見空，也是被動的選擇。《春香》自始至終，都沒能有真正的女性自主意識，金仁順的春香其實召喚了古典文學中的崔鶯鶯，召喚了話本裡杜十娘、花魁娘子……讓《春香》的女性們，有扣問自己欲望的勇氣，並直面自己的欲愛。最終，金仁順也沒打算讓春香她們擁有幸福美好的生活，她用不生不死的遺忘，去提點讀者，關於愛情，以及存在的困境。香榭，終舊是漫著花草香氣，沒能存在現實的烏托邦。

【林偉淑，淡江大學中文系助理教授】

「這個殺手不太冷」

金仁順小說論

關建華、張麗軍

都市愛情中的夏日「冷氣流」

金仁順，朝鮮族，中國七〇後代表作家。自1996年發表第一篇小說〈愛情試紙〉開始，金仁順就對愛情抱著質疑的態度。作為早期作品，〈愛情試紙〉即體現出金仁順愛情題材小說裡由內而外的冷意。李宇看似在維護愛情的忠貞，追求完美的愛情，實則早就從心底泛起懷疑與失望，為了愛情不惜放棄生命的愛情火焰裡，包裹的是一灘冷寂已久的灰燼。在快節奏的經濟社會中，都市男女如一塊塊樂高積木，拼成愛情就暫時在一起，打碎了立刻各奔東西，重新組合。人與人之間缺少溝通，造成現代人的心靈膈膜和愛情的脆弱，婚姻、愛情被質疑、遊戲所代替，缺少了精神信仰與心理依託，讓都市男女走進了多疑、敏感與孤獨的怪圈，導致愛情從內部坍塌，泛起一絲絲冷意。

社會生活節奏與人口流動速度加快，能把控的穩定關係卻越來越少，不穩定的人際關係導致都市人的安全感降低，信任缺失。他們渴望溫暖，更害怕被傷害，但外界的繁華與表面的光鮮導致的內心的孤獨讓她們害怕一個人獨處，從而虛張聲勢地選擇一種「cool」的生活方式，不願被愛情束縛，然而若即若離的愛情關係只是掩蓋自己虛弱內心的一種手段——以為最先轉身就可以不被傷害。〈啊朋友，再見〉中，「我和白芷同居的第一天，就開始設計分手時的情景。」愛情從一開始就不被信任，臨時結合的只是因為彼此太過孤獨。「有一天早晨，從夢中醒來，你會發現我不在了，」文中的白芷總是這樣提醒同居的「我」。這種不穩定性、易變性攜帶著陣陣寒意，溫暖的愛情從內部開始淪陷。這種關係下，愛情只是用來派遣孤獨的藉口，甚至，這藉口都不需要。「在和我的關係上，白芷堅決地保持著一個寄宿者的身分，她不肯拿我給她的房門鑰匙。」這種「寄宿者」的身分正是都市男女的一種自我防衛的方式，倔強又可笑。他們固執地交流，想要探討彼此

的內心，可是「一方面，我們推心置腹，無話不談，另一方面，我們從來沒有把一次談話真正地進行到底過」。終於，黃昏的時候，「我」發現「客廳裡的一隻大皮箱不見了。沒有留言，也沒有錄音，白芷像對待別的事情一樣，懶得對自己的離去做明確的交代。」彼此的關係到此終結，沒有開始當然也沒有正式的結束，就像旅途中的一場豔遇，誰對誰都不必負責。當「我」意識到白芷離開後，並沒有四處尋找，而是陷入了巨大的虛空之中，當我最終將要從被白芷「汙染」過的生活細節中走出來時，白芷回來了。她像從來沒有離開過一樣，坐在門口，睡得安穩，嘴角抿著，帶著難以捉摸的笑。保持疏離的關係是白芷對待愛情的方式，拒絕積極的主體能動性，反而以消極逃避的方式對待愛情，這種不安全感源自於對愛情的不信任。在金仁順的小說中，兩性關係往往被描述成一縷香煙，溫柔繾綣，卻似有似無，愛情超脫了外界是一種詩意的表達，微涼如初春的水，但「在詩意的背後都埋藏這一個悲劇性的、近乎殘酷的宿命苦果」。都市男女被內心的孤獨脅迫，又對異變的愛情毫不信任，只能採取退守的方

式，將自己封閉在無情、冷漠的空間中，從內心開始慢慢將自己凍住。

金仁順就從都市男女的兩性關係方面找到現代人精神境遇的切入點。愛情本是暖的，金仁順小說中的人物本意也都在尋找溫暖的愛情，只是在繁華都市中暗自滋生的孤獨與焦慮，讓他們不斷質疑與否定愛情，於是愛情大廈由內心開始塌陷。金仁順於「暖」中見「冷」，吹起了一股愛情的「冷氣流」。

古典女性內心的冰中之火

金仁順選擇了以父親的缺席甚至「父」為故事背景來解構父權，閹割男性，凸顯女性話語空間的方式。金仁順小說中彌漫著對父權的否定和鮮明的仇視，「父親」以及「父親般的男人」被描述成粗暴、虛偽甚至下流、無恥的代表，而女性深受男權的傷害，或看透了男性的無能，體味到人生的悲涼，也造就了女性自身的蒼涼心境與孤獨冷僻的性格。

在〈未曾謀面的愛情〉中真伊母女在父權制的大家庭中屢次被父親的其他妻妾欺負，軟弱的父親無力保護，形同虛設，老實的母親隱忍不語，而真伊卻與其

他人針鋒相對。真伊以入伎籍來反抗男性設立的完美女性標準，不惜用自我放逐的方式來反抗，雖讓人唏噓但卻不求人可憐，蒼涼是其對男性失望之後決心與之割裂的決絕心態，但反抗帶來的自由卻讓這朵女性之花倔強綻放，給後來者帶來溫暖與希望。

父權的缺失或者解構，給女性留下了巨大的展示空間，擺脫束縛的女性在父權弱化的空間裡找到自由與主體性。金仁順小說中的女性人物，「即使一無所有的貧窮，在面對背叛和傷害或者分離時也是有主體性的，而並非不堪一擊。這種女性的主體性也是整個『七〇後』寫作的一個特質，在愛情中，她們的女主角絕不扮演或承擔那個受傷者，而這種受傷者和控訴者形象在她們的前輩那一代作家那裡卻時有出現。」這種獨立性在古典題材長篇小說《春香》中體現得尤為明顯。

《春香》中的藥師與翰林按察副使的出走，象徵著男權的缺席，香夫人獨自支撐著香榭的秩序，通過她的美麗與智慧一次次化解了香榭的危機。香夫人在失去丈夫後，變得堅強、冷靜，以一種神秘的聲望遊走在權勢、金錢之間，認為「和嫁一個酒鬼，或者在貴族人家當小妾比起來，香榭裡的生活算是好的，它至少能夠遮風擋雨，不用看人家的臉色，低聲下氣」。春香在沒有男權傳統束縛的環境下長大，任性、自主，追求自由平等，斷然拒絕李夢龍的求婚。因為父親的缺席，香夫人和春香成為眾多男性覬覦的對象，而在與世俗權衡交鋒過程中，作者又塑造了超越傳統社會力無力反抗的軟弱的女性形象。「在這部小說裡面，男人全是女人的配角。正好跟古代朝鮮，女人無條件成為男人的陪襯形成反差。」

金仁順在《春香》裡塑造了一個弱者的烏托邦，被拋棄的銀吉、小偷的女兒小單、歌伎的兒子金洙、落魄貴族周先生，這些人生活在社會的底層，毫無尊嚴。但在香榭裡，他們過上了單純、富有、快樂的生活。父權的缺失作為故事背景，幫助金仁順在古典題材小說中塑造了女性主體的理想世界，而這個烏托邦的主人是香夫人。「在丟失了愛情的歲月中，我們不做一個男人家裡的女人，而是成為許多男人夢裡的女人。」香夫人的宣告有著洞穿世事的徹骨蒼涼，卻也徹底打破了男性為中心的敘事角度，彰顯了女性的主體性，在

冷色調的生活裡增添了精神的暖意。而在《春香》之前寫的同類題材《伎》中，金仁順讓春香與李夢龍走到了一起，回歸到男權的懷抱。但金仁順後來說「我始終對這個故事（《伎》）耿耿於懷，我對它不滿意……春香和李夢龍如果結婚了肯定是有問題」。十幾年後寫作《春香》時，金仁順的女性主體意識變得更加明顯且成熟，讓春香拒絕了李夢龍的求婚。她說「在我的《春香》中，最後春香也沒有選擇與李夢龍在一起，沒有嫁入豪門，而是選擇了自由。「在父權缺失的情況下，《春香》亦拒絕了夫權的存在，讓女性的失望升級為絕望，不再期望出現理想男性，而是建立了一個女性傳統，高揚女性主義大旗，在絕望中找到希望之火。

金仁順曾說：「在朝鮮族題材的時候，我就是女性主義者。」她的古典小說描寫了諸多女性形象，深入探討了女性命運的沉浮。「世俗之中所謂的成熟對於她們來說，就是意味著自我本性的缺失，或者是內心品性，抑或是生命本體的凋落。」「這些古典女性，在男權缺失的環境下成長成熟，有著現代的品格，拒絕世俗般的成長，保留了最原始淳樸的天性。

但是在金仁順高揚女性主義大旗的表層之下，我們可以看到，她古典主義小說中的女性主人公幾乎都是深受男權迫害之後的女性，太姜被父親逼迫賣身，真伊看到父親的無能而失望，香夫人在男人之間斡旋，春香對李夢龍失望……正因失望，讓她筆下的女性敏感自閉，獨立自衛，冷若冰霜，心境蒼涼。金仁順對父親形象的顛覆，解構了男權主義，賦予傳統社會中地位卑微的女性以生存的強力，描寫了女性蒼涼心境中無法磨滅的自由之火，於冷中取暖，就女性如何不重蹈悲劇命運的覆轍而進行了深入的思考。

「冷」「暖」交融的敘事特徵

金仁順的小說裡，冷暖意象並行存在。作品中的刀、冬天、秋千、雪等，這些意象不僅是故事的背景，也是小說氛圍的奠基，給人冰冷的感覺。〈令人驚豔的半開之美——七〇後作家金仁順小說研討〉中寫到：「這兩組關鍵字都有不同的意象，一組是非常冷酷的、硬的，如死亡、刀，另一組就是柔和的東西，月光、鮮花、香氣。這兩組截然不同的組合在一個作家的心靈世界和寫作生活中去，我覺

得很有意思。「這兩組意象「冷」「暖」對立，卻又相互補充，「冷」是對現實的揭露與思考，「暖」是指向未來與希望，「冷」與「暖」意象交融，哀而不傷。

金仁順小說在敘事過程中冷靜克制，極少表現出自我情緒的波動，習慣對故事情節採取冷處理，做冷眼旁觀者；另一方面她又沒能將這種冷酷進行到底，而在敘述過程中時常流露出不忍心，常常給故事增添一抹溫暖的顏色。在長篇小說《春香》中，作者採用第一人稱「我」的視角來講述。我是故事的主角，同時又是講故事的人。故事開始就說「在南原府，人們提到我時，總是說『香夫人家裡的春香小姐』」。這樣的表述讓敘述者跳出了故事，以旁觀者的身分講述與自己有關的事情，語氣冷漠，情感節制。即使是在面對心愛的人李夢龍離開時，春香「仍舊在睡覺，他在身後拉上門時，留下了一條縫，我從縫裡看外面的天空，天空陰沉沉的，烏雲從門縫裡擠進來，像一床被子朝我的身上壓過來……」。作者筆下，春香幾乎一直冷淡的看著香榭裡各色人物乃至自己的命運轉變，沒有呼天搶地，也沒有大悲大喜。等到李夢龍歸來，為與春香重歸舊

好而吟誦她寫的情詩時，春香卻冷冷地說：「我對詩詞時調這類東西一向沒什麼鑒賞力……真有趣，我連聽都沒聽過。」

這正是春香看透了世俗倫理，男權秩序，知道李夢龍不可能重回香榭與她篤定終生，從而選擇的冷漠無情的撤退。「我們很少能在金仁順的短篇小說中體驗到那種滄桑感，但她小說的字裡行間卻發散出一種強烈的充滿詩性的蒼涼、殘酷的氣息。」而作者的這種冷敘述，讓敘述者與故事之間始終保持著一定的距離，情感的流露像一條似有似無的脈搏，主人公從故事中抽離出來，造成了一種別樣的客觀化效果。但金仁順卻沒能將這種悲劇意識堅持到底。《春香》中，香夫人面對卞學道的威逼，為了拯救女兒春香，義無反顧地與卞學道一同喝下「五色藥」，犧牲自己保全了女兒，挖掘了以高貴冷豔示人的香夫人身上的母性光輝，流露出女性內心特有的溫柔，在敘述悲劇故事的同時為之增添了溫暖的顏色。

金仁順的小說的「冷」與「暖」同樣表現在其面對現實問題的敘述態度上。有評論說「在欲望放誕的門檻前，金仁順停住了腳步，但在另一扇門前，她卻和七

〇年代出生的作家一樣走了進去，那就是冷漠的遊戲人生的態度。」這種冷漠的態度表現在其成長題材和底層題材的小說中，在此類小說裡，金仁順總是冷靜地描述一場場人生悲劇，零度的敘事讓人懷疑金仁順的感情。在〈五月六日〉、〈松樹鎮〉、〈恰同學少年〉都寫到了礦難事故，而學校裡的孩子熱烈討論著礦難，彷彿過節一般。金仁順冷靜地呈現故事原貌，不做個人色彩的評判。金仁順「出生和生長在煤礦區，見慣深不可測的煤洞和每天不期而遇的死亡。」在散文《回到起點》中她也談道自己的少年經歷，說面對無法預知的礦難，普通人那種習慣恐懼之後的冷漠讓人心寒。於是，在小說中她也無情地揭露了這種冷漠，同樣使用了冷漠的敘事手法，只不過冷漠的敘事正是她對抗人性冷漠的途徑，以毒攻毒，讓讀者不斷地陷入反思，陷入對自我靈魂的拷問。正如她自己所說：「我們面對爛蘋果時用不著沮喪，我們可以拿蘋果來釀酒，而這酒一不小心，沒準兒就變成解毒的靈丹妙藥呢。」這一劑靈丹妙藥，便是金仁順面對現實所作出的回答，用冷的語言表達醜陋人性，形成反諷的效果，「冷」的背面卻是對現實熱切的關懷，希冀喚來溫暖的世界，讓「冷」與「暖」在對立中達到統一。

結語

金仁順品中表現出的「冷」「暖」交融的敘述特質。她的作品對都市愛情充滿了懷疑，集中折射了都市男女的精神困惑，現代人的孤獨與焦慮；用父權缺失來賦予朝鮮族古典女性更多的自由，塑造了一批外表柔弱，內心強大的自尊、獨立的古典女性形象，體現出對女性自身命運的思考，給單調的文壇帶來異域情調的朝鮮族古典題材小說。其敘事中展現出的「冷」與「暖」體現出金仁順小說中複雜的情感變化，對現實問題的深刻思考，在批判社會的同時，也給讀者留下了愛與希望。

金仁順的創作道路很寬，她的短篇小說已經技藝純熟，長篇小說方面也僅僅只有一部《春香》問世（得到了評論界極大的認同），我們有理由相信金仁順有能力奉獻出更多、更優秀的文學作品。

【關建華、張麗軍，山東師範大學文學院】

「被城市化」的情欲與「被愛情化」的救贖

讀《後上塘書》

彭明偉

上海文藝出版社

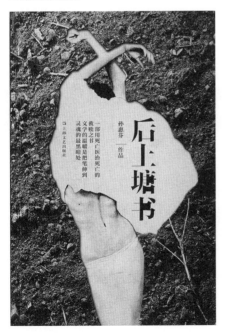

大連作家孫惠芬（1961-）曾當過農民、工人，她的創作在2000年以後進入高峰期，主要講述以遼南山村歇馬山莊為背景的鄉村故事與農民進城打工的故事。她新近的長篇《後上塘書》（2014）是十年前發表的長篇《上塘書》（2004）的續篇，故事背景雖仍同在遼東半島上一個上塘村，徐蘭、劉立功等主要人物也從前一部走過來，從結構形式、主題內容以及敘事風格來說，孫惠芬這十年在創作上追求自我突破的努力是可見的。

《上塘書》（2004）主要敘述一個村落的故事，從政治、交通、教育、文化、歷史等諸多面向來描寫上塘的村民與特殊的風俗民情，這樣的題材很容易讓人聯想到先前韓少功的《馬橋詞典》或是孫惠芬喜愛的女作家蕭紅的《呼蘭河傳》，即便

整部作品瀰漫的淳樸與溫暖的懷舊情調也是相近的。《上塘書》裡描寫的上塘村正經歷1980至1990年代的改革開放與商品化經濟，城鄉差異與矛盾也日益劇烈，儘管如此，農村生活仍是單純和諧，農民的形象也仍痴愚可愛。評論家李敬澤從這部作品的溫暖基調中看出深一層的「荒廢感」，尤其在最後一章最為明顯，山村小學女教師徐蘭因為忍受不了婆媳姑娌間的矛盾，於是和村中的文化人鞠文采有了感情，他們的戀情被其丈夫劉立功發現，情勢急轉直下，故事情調整個由溫暖詼諧轉為悲涼冷峻，乃至絕望恐怖。我認為《後上塘書》整個故事基調就銜接《上塘書》這最後一章的「荒廢感」而來，鄉村的人情、男女關係與倫理秩序崩毀之後，人不僅無家可歸，精神上也無依無靠。上塘村這寧靜的山村從此瀰漫緊張不安，夫妻親友之間不再彼此信任，愛與眷戀雖然依稀尚存，但猜忌、背叛、報復乃至狂躁暴戾都將人與人遠遠地阻隔開來。

如果說《上塘書》是以一個村落為描寫對象，而《後上塘書》則是講述劉立功、徐蘭夫婦兩人的故事，作者側重描寫兩人在離鄉進城之後愛恨情仇的糾葛。

《後上塘書》故事以女主人公徐蘭在翁古城裡自家的別墅疑似遭到姦殺的刑事案件而展開，在偵探推理小說的架構下，讀者懷著瞭解真相的懸念逐漸認識劉立功、徐蘭夫婦兩人各自曲折複雜的情欲故事以及他們與家鄉上塘村人的權力關係。劉立功本為上塘村村長，因撞見徐蘭與村人鞠文采的戀情，憤而離鄉在外地奮鬥發展，多年以後成為事業有成的商人，易名為劉杰夫，衣錦榮歸後在地方上的政商實力雄厚，成為親友稱羨的成功人士。他和徐蘭兩人多年來徒有夫妻之名，而無感情之實。為報復徐蘭過往的出軌事件，劉立功憑藉其財富權勢不斷玩弄女性，功成名就之後將徐蘭一家安置在城裡的生活，同時包養自己酒店經理孔亞娟為情婦。而徐蘭在城裡上流社會過慣貴婦的生活，也因不耐空虛寂寞於是另外也與司機顧放發生姦情。兇殺案案情一直不明朗，讀者在小說末尾才知道殺害徐蘭的兇手竟然是徐蘭所敬愛的大姐徐鳳與她的祕密情人。徐鳳自高中教師退休後，接受妹妹徐蘭的請求住在翁古城裡劉立功的別墅擔任外甥劉子健的家庭教師，一天徐蘭突然返家，無意間撞見徐鳳和她的老情人幽會，這老男人慌

亂下失手殺害徐蘭，徐鳳也成為殺害妹妹的共謀者。

整部小說共有二十七章，小說有兩條敘事主要線索，一條敘述女主人公徐蘭的故事，另一條則是敘述男主人公劉杰夫的故事，不過同樣的是突出男女主人公兩人重新發現自我與悔悟的過程。

徐蘭的故事是由徐蘭死後的鬼魂講述自己與丈夫劉立功的戀愛婚姻，以及因為婚後備受婆婆小姑的欺凌而衍生的婚外情事件，她逐漸重新認識在婚姻生活中喪失的女性的自我。巧妙之處在於，徐蘭化為鬼魂之後，有了隱身之便可以窺視身旁的親友，甚而能與同樣遭受殺害的堂嫂的鬼魂相逢，因而才明瞭堂兄徐慶中何以會失手殺害妻子，知道他們不為人知的祕密與苦衷。最後徐蘭甚至也才發覺自己過往的種種不是，給丈夫和大姐大姐夫帶來悲傷苦惱，這是故事裡很動人的一幕。作者描寫徐蘭鬼魂返鄉後看到鄉親的生活有了悔悟。

小說另一條敘事主線則是以全知觀點敘述劉杰夫在徐蘭死後，在調查案件的過程中劉杰夫多方接觸探訪而逐漸回顧自己的過往，尤其是徐鳳所假擬的信件讓劉

立功逐漸發現自己過去對於諸多女性所犯下的種種罪孽，使得劉杰夫最後有所悔悟，決心停止開發獲利可觀的奶頭山礦區。他退去一切城裡的浮華虛榮，回歸鄉村、貼近土地，感覺自己彷彿恢復為往昔那個小人物劉立功。孫惠芬曾在〈大辮子〉一文講述山村婦女大辮子走出創傷陰影的故事，她說：「在偏僻的山村，成長，原來需要跨越如此漫長的時間；在某些人的人生中，災難是使之獲救的唯一通道。」經歷災難而重生的過程也就成為《後上塘書》這部小說的基本架構。

孫惠芬運用這獨特巧妙的小說結構想要處理兩個中國社會在城市化過程中重要而普遍的主題：一是男女關係與情欲處理的問題，另一是鄉村生活的轉型問題，男女的情欲與權力關係在當前大規模的城市化的過程中相互轉化，又將這兩個主題纏繞在一塊。城鄉關係如同男女關係，都深受財富與權力的支配，而在這鄉下人進城奮鬥的過程中，無論劉立功或徐蘭這樣的成功人士，或是孔亞娟、徐慶中、王月、宋佳等的挫敗者都逃脫不了這樣畸形的價值體系的宰制。《後上塘書》在描寫男女關係的情欲與權力的複雜糾葛方面，

較《上塘書》更加大肆鋪張，男女的情欲關係由《上塘書》裡無傷大雅的輕鬆玩笑（有時不免也著墨過多了），轉變為《後上塘書》裡造成現代男女為孤獨空虛所苦的悲劇性根源，悲涼荒廢之感更甚於以往。鄉村男女情欲與權力的關係最後扭曲變形，演變為激烈的暴力乃至血腥的兇殺案，如故事開頭所描寫的死亡血腥之恐怖籠罩整個村落。

孫惠芬敏銳掌握近二十年中國大陸農村社會的巨大變化，男女情欲關係受到財富權力的扭曲而呈現這轉型時期所特有的社會病態：人與人之間沒有信任，即便是夫妻血肉之親之間也有所猜忌妒恨，無所依靠寄託，所以故事裡的所有人物無不感到空虛與孤獨。這樣的人與人之間疏離的問題其實從《上塘書》裡鄉村社會層出不窮的婚外情故事就可看出端倪，孫惠芬在《後上塘書》裡試圖將這問題與當前農民進城打工的「被城市化」過程結合起來，講述一個又一個鄉村人物離鄉進城後如何被損害、被侮辱的經過。而這個時代病態的縮影主要就是由夫妻關係失調、男女性關係的混亂與扭曲來呈現，例如兩位主人公劉立功與徐蘭以及做為對照的農

民工徐慶中的夫妻關係，還有劉立功、徐蘭、徐鳳等人尋求婚外情的慰藉等。在整部作品中，徐鳳所假擬的三封信分別講述女工瘋小環、妓女王月和劇團女演員宋佳三位鄉村女性進城打工的悲慘遭遇寫得最深刻有力，把女性個人情欲與社會轉型的問題緊密結合起來，這三位女性人物都成了時代的犧牲者。鄉村女性成為城鄉接軌轉型時期的城鄉、工業（商業）與農業發展權力關係不平衡的犧牲者，從有尊嚴的人而淪為商品經濟中的「商品」。徐鳳自己本身呢？她藉由講述其他三位女性的故事作為類比，她自己也是新的離鄉進城的打工者——成為自己的妹妹家裡的管家女傭。

我在讀故事裡這三封信時，感到她們故事中的時代悲劇性其實遠較徐蘭、徐鳳所遭遇的更為濃厚，她們的命運發展也較徐鳳、徐蘭的更有說服力。三位鄉村女性小人物在「被城市化」的過程中受到畸形的權力結構所擠壓而遭殃，而徐鳳、徐蘭姊妹講述自己的婚姻悲劇時不免自怨自憐，她們的不幸很難完全歸咎城市化所產生的社會問題，應該說個人身體欲望是決定她們命運更為關鍵的因素。孫惠芳在這

部作品中彷彿用了兩套筆法，一方面講述瘋小環等次要的小人物時較為冷靜而節制做社會化的結構分析，而另一方面在講述徐蘭、徐鳳、劉立功等主要人物時，在個人情欲化的插曲、細節上大肆著墨，往往未加適當節制而渲染開來。

作者在處理男女的情欲關係與城鄉發展的矛盾這兩個部分，偏於個體的情欲關係，對於歷史現實脈絡並未鋪陳充分、梳理清楚。只要對照一下同類型的小說，如韓少功的《馬橋詞典》、蕭紅的《呼蘭河傳》或是孫惠芬先前的《上塘書》，《後上塘書》裡的歷史、社會文化面向顯得單薄許多，裡頭人物個體情欲的故事細節或許精采刺激，不過無法與整體歷史、社會的變動產生緊密的扣連，人物的情欲化或情欲化的人物使得這部「長篇小說」的結構相當鬆散，以致於讓我閱讀時感到敘事枝蔓過多，對於敘事脈絡難以梳理把握。

這樣情欲化的人物與歷史現實分離的結果，我們看到《後上塘書》裡十分怪異的人際關係，近乎無交往狀態：所有人物彼此之間都沒有心靈聯繫，缺乏溝通管道，從夫妻、姊妹、父子、朋友等最親密

的人際關係來看莫不如此，故事裡的人物都是孤立的，也是孤獨的。那麼要如何走出這種孤絕的狀態呢？整部作品最有亮色的莫過於作者描寫劉杰夫最後回歸上塘村時的醒悟，擺脫個人情欲、不為私人利益左右，重新融入鄉村共同體，恰恰是要走上一條與「被城市化」相反的道路。災難使人醒悟，災難使人獲得救贖，劉杰夫回歸故里貼近土地從而彷彿獲得了重生。

然而對照徐鳳這樣受人敬重的退休中學老師、知識分子對鄉村的感受，她恰好要逃離鄉村，她在鄉村精神無所寄託而深感恐慌。正是在這樣城鄉之間的鮮明對比與拉扯，徐鳳的精神無所依託，即便進城在妹妹徐蘭家裡打工幫閒也不得滿足，她在城裡在鄉下都不能適意。鄉村的彼岸不在城市，那麼還有什麼能夠滋養離鄉離土的人的心靈呢？徐鳳其實沒說明白的是他和丈夫于吉堂之間長久隔著知識分子與農民的文化落差，兩人的心有這樣的隔閡沒法貼近。（其實這是能夠展現城鄉文化、階層差異的好題材，可惜作者這麼簡單帶過，沒有深入描述分析了。）

精神化的愛情成為在鄉村備受壓抑的生命唯一的出口，滿足徐蘭、徐鳳這樣

鄉下的「文明人」的精神需求，或是說鄉下的「文明人」需要「被愛情化」的救贖。如同鞠文采之於徐蘭，某位秘密的老情人對於徐鳳是心靈契合的伴侶。愛情這替代物在徐鳳退休進城的生活裡適時出現填補了精神空虛的需求，不料這暮年對愛情的追求最後卻也造成殺害妹妹徐蘭的悲劇。徐鳳這樣作風嚴謹有教養的中學教師，在退休之後和她的丈夫于吉堂長久分居在城鄉兩地，為了排遣寂寞而在城裡找才子加導師般的老情人燕好。她最後對劉杰夫強調說：「千萬不要以為我後悔生命中致命的愛情，我從不後悔！……此時此刻，我終於明白，上蒼讓我製造如此巨大的不幸，也許就是想證明愛情的力量。」這種高調的宣示呼應前頭徐蘭與鞠文采那一段的戀情，即便這戀情後來成了鄉村醜聞，造成她與劉立功之間深刻的裂痕，她至死仍懷念這樣刻骨銘心的愛情。徐鳳強調她與老情人兩人重溫舊情的垂暮之戀是基於共通的文學藝術愛好、才子佳人之間高尚的精神交往，對照先前徐蘭的鬼魂窺見于吉堂在鄉下家裡召來臃腫俗艷的妓女，精神的愛情與肉體的欲望的鮮明對比，高下立判，彷彿精神化的愛情佔據

了道德的高地，甚而至於超越庸俗的道德規範。

實際上，將情欲淨化為愛情、將愛情如此精神化、宗教化渲染，反而更加彰顯這種精神化的愛情放在庸俗瑣碎的日常生活世界裡是何其空虛、脆弱的。男女之間的情欲更為恣肆，情欲與權力關係更是交纏不清，越是複雜扭曲越是嚮往返樸歸真。孫惠芬藉由徐鳳、徐蘭兩姊妹高調宣示對愛情至死不悔的的追求，為這種高尚的精神奮力辯解，而非面向自己長年的苦惱根源，努力與親密而疏離的丈夫（混蛋劉杰夫、粗人于吉堂）尋求和解，這讓我在讀完掩卷之後更感到不安。

故事裡的人物都渴望被愛，也想去愛人，結果都是不得所愛。彼此靠得越近，心靈卻相隔越加遙遠。最後即便徐蘭與劉立功都明白了真相，有所醒悟，但不論個人心態或社會結構在經歷災難毀滅之後，「被城市化」的權力結構與「被愛情化」的精神寄託沒有改變，重生轉變的希望看來都很微弱。

【彭明偉，交通大學社會與文化研究所助理教授】

致力於人性啟蒙的鄉村敘事
讀《後上塘書》

張丛皞

孫惠芬自1980年代發表作品至今，一直用寫作來編構自己的文學故鄉，「上塘」和「歇馬山莊」這兩個遼南地域文化的鄉村符號已成為她的專屬領地。如果說，莫言是在歷史的縱深溝壑中打撈沉澱於歲月底層的鄉村的話，那麼孫惠芬就是用人情生活編織的大網打撈日常瑣碎和家長里短。她的作品善於捕捉流貫幾千年的中國農民的民族性，有自覺的民間土地的生根意識，蘊含著特定時空民間精神的諸多指向。孫惠芬希圖表現的鄉村精神的核心不由農民身分定義，不在城鄉對偶中突出，而是通過鄉民在家庭和鄉親關係中湧動的情緒、心理、處境來彰顯。

將人情關係作為啟動當下農村日常生活，勘察農民思想主體構成和文化反應的介質，不僅深刻，而且有相當概括性和解釋力。但這種視點長期以來卻因不夠尖端而無法成為「農村書寫」史上的時尚和主流。「農民」很早就淪為被意識形態建構的具有明確文化區別功能的抽象範疇，從「五四」的「蒙昧苦難的存在」，到1930年代「覺醒的苦難大眾」，到建國後「革命和建設的主人翁」，到1980年代被還原成「小生產者的愚昧無知」，再到今天「進城的漂泊靈魂」，中國的農村敘事一直隨著政治生活的主流現實的變化而變化，一直隨著社會機制的外在變化而變化。在這個過程中，作家想像農村的方式越來越依賴於社會知識，越來越習慣

於將農村敘事問題化，越來越熱衷於建構有關農民的典型性格。中國農民的生活固然無法掙脫大歷史的裹挾，但歷史對個人的影響是宏觀的，不是細微的；是趨同的，不是豐富的；是時效性的，不是長久的。個體心靈與歷史潮流絕不可能是簡單機械的對應關係。新世紀中國文學的農村敘事努力開闢的，是啟動生活而非鎖定生活，是將理性溶於生活直觀而非將觀念圖式化的積極詮釋農村，為中國農民正名的新路。

多年來，孫惠芬一直秉持不苟時尚的創作心態，她不急於認同和否定，而專注發現和洞察。其文學理想直抵中國農民內心，問詢鄉村人普遍遭遇的精神處境，展現他們共性之下的個體性與差異性。正如作者所言，「我要做的是關注每一個個體，關注他們的愛恨情愁，關注他們的生離死別，關注他們在這個社會上的生存方式，以及他們感受這個世界的方式，他們拉著你的手跟你絮絮叨叨時，讓我覺得我理解的文學，或者我熱愛的文學是能夠照進人心的，它是一種有情懷的東西。」她的文學創作與有關農民的公共知識、文化範型、標籤認識自動隔絕，少有理念痕跡，不希圖營造宏大敘事的深邃歷史感與嚴肅思想性，多展示農民凡俗生活中心靈的「真」與「誠」。

《後上塘書》在思想和藝術上均有扎實推進。技巧上，該作延續了綿密飽滿的敘事風格，運用倒敘和回敘手法，並富於新意的創造了徐蘭的靈魂這一敘事形象。魂靈無疑擁有常人所不具有的袒露內心的優勢，因為生活與生命不再是共生和有利害關係的存在，而成為次要的被其審視的客體，借助它可以完成對生命及其相關的一切的形而上的思考。同時，以死亡為前提關照生活，以神秘為前提關照人事，以背叛與傷害為前提關照真愛和無愛，以今日之我對昨日之我進行審視與評判，可以拉開距離，切近心靈，使文本獲得召喚功能和幽怨的縱深感。在主題上，孫惠芬早期創作關注的大多是農民外在的、物質的、肉體的處境，之後轉向對農

民情感、心理、精神磨難的觀照，而《後上塘書》則全面觸及了當代農民精神困境和救贖的雙重主題，並以人類的、人性的、個體的意識放逐鄉村人的精神和心靈，反思精神生活匱乏的維度，為每位農民言詮作釋。

《後上塘書》仍無法脫離改革開放以來中國農民身分變遷與進城尋夢的「大時代」。1949年後，在計劃經濟體制下，中國的階層與職業高度固化，農民群體尤為突出。由戶籍制度與工作分配制度共同搭建的城鄉壁壘異常堅固，農民身分代代相傳。新時期之後的中國農民逐漸擺脫了土地、制度、身分的束縛，為改變因襲的命運，「棄土離鄉」的足音不停踏響，「向城求生」成為一代代鄉村人曠日持久的追求，而由此帶來身分認同危機、文化割裂之痛、倫理觀念惶亂、異鄉人情結也不斷醞釀和發酵，幾十年來的中國農村文學的主題由此激盪而生，並鋪展出對鄉村人生活命運和人心世相的講述規範。文學中的鄉村問題再不是封閉的內部問題，而必須在城鄉格局中加以考察。孫惠芬是從鄉村走入大城市的作家，她出身農家，對那些身處農村，幹著農活又心有不甘，心懷理想又找不到出路的農民內心的渴望與掙扎，以及他們突圍路上遭遇的混亂與艱難感同身受。上塘人無可避免的要置於城鄉流動的旋流中，但是在這樣的時代洪流中，孫惠芬要極力突出重圍。她的《後上塘書》關注的重心並非農民在城市化進程中的悲歡成敗，而是農民在城鄉兩極中的生活經歷和參照對比中衍生的心理品質。

《後上塘書》是對鄉村人生活焦點與心靈痛點的冷峻逼視，是對鄉村人思想世界的徹底省察，是對鄉村人生活的精神軌跡的純粹書寫。它步步為營的深入生活，挑開人心層層包裹的核殼，露出脆弱和黯淡的人性內核。一個意外的死亡事件拉開了敘事的大幕。在突如其來的變故前，人們開始追問、懺悔，反思錯位的生活和失範的靈魂。一些人因失去自我而陷入精神泥淖；一些人拼命尋回自我而困難

重重；另一些人則被民間倫理觀念緊緊捆綁，不得喘息。他們經歷的困擾和磨難很大程度上都來自於農民的精神結構與時代性的價值處境。作者沒有對受困者採取揶揄和嘲笑的姿態，也未在精神困境揭露與發現層面上止步，而是進一步為受困者尋覓救贖的可能。她沒有把宗教、道德、哲理等鄉民思想核心之外的存在作為安放芸芸眾生冀盼和恐懼的試金石，而是從鄉村人的道德思維和心理範疇中尋求可靠自足的力量來實現生命的淨化和昇華，即在民間報應不爽心理支配下，回歸最樸素的人倫良知和人性善惡立場，警惕和反思生存境遇，敬畏生活和生命，樂觀而積極的活下去。這個救贖路徑的尋覓與精神力量的認知過程不無達觀和通透，但卻絕無權宜性和宿命感，其中凝注了生命的強悍力量和錚錚傲骨，以及對生活的希望與自尊，更為每個人為自己留下精神形象和墓誌銘提供了機會。

徐蘭是以靈魂的形式出現在作品中的。這個半封閉的形象與文學史中諸多同類形象有所不同，不是全知全能。雖然她的目光和思想所及有固定邊界，卻不受物理時空、言語規模、表達方式等的限制，隨時隨地坦率直露，自我告白，承擔著拼湊往事和精神獨白的功能。《上塘書》中就已有過關於這位村長老婆、小學教師與上塘人敬重的神明、民間英雄鞠文采之間心靈相通的筆墨。《後上塘書》中，徐蘭一出場，已意外身亡。她不甘被遺忘，急於將自己的心理情感表白出來，她要證明自己的存在和價值，這是她一直的夙願。於是徐蘭的靈魂開始了講述，並在「離魂」、「迷途」、「存在」、「我是誰」、「回憶」、「隱秘」、「遊蕩」、「宿命」、「悼念」、「彼岸」中，完成了自我認知、自我反思、自我解放。這個從小就受當老師的大姐的影響，對村外世界充滿好奇和嚮往之情、爭強好勝、任性尚情的老嘎達，一直備受家人呵護，任由野心滋長。與四姐爭吵導致四姐自殺後，強烈的罪惡感改變了她的人生選擇，衝動下嫁給了遊手好閒的劉杰夫。隨之而來的家庭生

活裡，她承受著種種壓力——大姑姐們的「集體壓迫」，毫無共同語言的丈夫，癱瘓在床的婆婆，繁重的家務等等。即使這樣，也沒能磨掉她無羈的心性，她始終不放棄對自由和激情的追求，不放棄對自我價值的維護。當知己鞠文采讀懂她時，她理直氣壯的以心換心。這場刻骨銘心的愛情對飽受生活重壓的徐蘭來說，既是意料之內，也是情理之中，但對於身為村長的丈夫卻是致命打擊。為了報復妻子，尋求解脫、平衡、安慰，劉杰夫決然地辭掉村長之職進城打拼，成為著名企業家。他玩弄各色女性以顯示自己的勝利，徐蘭也因此墜入空虛、孤寂、墮落的深淵，變成在城市遊蕩的孤魂野鬼。對於如何弄丟了自己，徐蘭的魂靈最終找到了答案：「我不是進城才把自己弄丟，而是嫁給傑夫那天，就把自己弄丟了」，回想人生，「你會發現沒有哪一步不是那顆不安分的心帶來的結果。」她的一生是被強烈的自我意識支配的一生，是自我價值意欲實現而不得的一生，意外身亡未嘗不是一種解脫。

而與她相伴的大姐徐鳳就要一直飽受痛苦的煎熬。這位優秀的鄉村語文教師在初戀男友死後，「安心」嫁人、工作，將自己蜷縮到泥土裡。身為知識份子的她自覺與鄉村精神保持距離，高雅的人格修養在蒼白的鄉村現實中形成的心理落差孕成了她人格中的反抗力量，精神潔癖養成了她不近情理的孤傲個性。鄉村的知識生活猶如荒漠中一口並不旺盛的泉眼維繫著她孱弱的生命，可當這種供養難以為繼時，生命就會漸趨萎縮，灰色平庸的生活本相也會暴露出來——「我們這一代鄉村教師，都是一些畸形人，我們的家住在鄉村，可我們的精神住在學校，住在人頭攢動的課堂。有一天，我們退休，精神的住所一夜之間坍塌，我們便是那些廢墟上的碎片，沒有了任何生命力的支撐」，鄉村生活的養料「已經不再能夠滋養我們這樣的人群」。城中妹妹的邀請令已失去活力的她出其不意地重獲了激情，他雖然找到了真愛，卻陰差陽錯地致使妹妹身亡。徐蘭的死表面上可看作世俗倫理對婚內出軌

者的懲罰，但從徐鳳案發後的處理方式來看，其顯然是打破了傳統道德的束縛，遵從本心，以真實的情感訴求反思過往生活，反思徐蘭和劉杰夫的人生選擇，懺悔自己及劉杰夫因為一己的險惡用心而給趙小環、王月、宋佳等所造成的無以挽回的傷害。徐鳳在真誠地懺悔中找尋到了對愛情的本心，她從不後悔生命中致命的愛情，「上蒼讓我製造如此巨大的不幸，也許就是想證明愛情的力量」。徐鳳在寫出這份堅定的同時也獲得了重生。不過我們也應看到擺脫世俗倫理道德約束所面臨的風險和可能付出的代價，戴著鐐銬跳舞的壓抑人生與卸掉束縛去享受自由的悲劇命運，幸與不幸實難說清。

作為《後上塘書》的中心人物，劉杰夫是表面風光無限、內心空無一物、作風強勢又十分懦弱的一個人。他人格中的精明計算、市儈勢利、虛偽矯情，與商業化、世俗化、粗鄙化時代高度同構。這個人物由家庭環境、人際關係、社會氛圍共同造就。家庭中父母的爭吵、母親縱容的

教育、祖父輩的家族觀念，使他變成一個不安分的鄉村流氓。內心充滿自卑外表又極爭強好勝，一心功名利祿，渴望發跡。過於以實利價值為中心的生活與追求，使他失去了認知自我和感受情感的能力，逐漸迷失了自我，對奮鬥過程中的騙與被騙、犧牲與被犧牲早已習以為常、麻木不仁，所有的情感對他來說都是負累。他不僅沒有對故鄉和土地的熱戀，而且對家人、妻子、孩子也沒有更多的責任與感情。他在生活上被城市的富足所吸引，但是精神上卻被鄉村的價值所羈絆。他所有的理想，無論是教子觀、婚姻觀、生死觀，都以具有濃重的民間倫理色彩的功利主義為前提。妻子橫屍家中的災難突然降臨後，劉杰夫的所想和所做都是如何保全自己的名利。但上塘百姓惡有惡報的質疑聲，追查真凶時收到的封封匿名信，信中提到的他曾經傷害的人，都如附骨之蛆的蛆蟲一樣開始與之糾纏不休。情人孔亞娟的憐憫喚起了他內心的羞恥感與虧負感，堅如磐石的價值觀開始變得曖昧起來，鋼

筋水泥包裹的心慢慢軟化。劉杰夫開始認真審視社會的蠱惑與犧牲，家人的恩義與辜負，還有七零八落的自卑與墮落。這種感受比傷害本身更懾人心魄，劉杰夫最終被疼痛刺醒。陳曉明先生曾說，自己「對寫人的柔軟的生命狀態的文學很喜歡。這個時代，我們都在拼，都在奮鬥，都在追求，但最後我覺得我們內心要迴盪著一種柔軟的東西，要迴盪著一種弱的東西。……文學在表達這種東西的時候，它的那種情感，那種語言、趣味和意境特別能打動人心」。我想，牽動陳先生感情的那種軟的東西就是真實而溫暖的人性，是浩瀚宇宙和時空縱橫無法替代的人類弱小的心靈，是帶著體溫的軟心腸的人文意識。當風光無限的企業家劉杰夫變回自哀自憐的窮小子劉立功後，殘酷的精神拷問讓位給對創傷者的深情撫摸，他終究尋到了久違的心靈淨土。

《後上塘書》中的徐蘭、徐鳳、劉杰夫的性格、觀念、命運各不相同，但卻經歷了共同的精神歷程：對現實的拒絕、對理想的追求、現實與理想的衝突、生命價值的尋找以及自我的反省和重構。人們應對突發事件的方式雖不盡相同，但都能對自己的過失進行譴責，都能找到最樸素的人倫良知。在這個歷程中，生活關照由社會價值向精神價值轉化，倫理關照由鄉村欲望向靈魂信仰轉化。當鄉民不再在心靈之外尋求生命意義時，他們又奪回了自我。在這個意義上，這部鄉村敘事從城鄉對立、田園想像、苦難渲染、妖魔化城市、底層受難想像等講述習慣和寫作俗套中解放出來，把社會啟蒙主題提升到了人性啟蒙的新層面。

【張丛皞，吉林大學文學院中文系副主任、副教授】

歷史與現實：
2016年
兩岸現當代文學評論
青年學者工作坊

工作坊論文／發言稿摘要

綜合整理／黃文倩

前言：關於工作坊

　　2016兩岸現當代文學評論青年學者工作坊，於7月19日（星期二）在淡江大學淡水校區文學館L522會議室舉辦，由本人（黃文倩）擔任計劃主持人。延續去年2015兩岸現當代文學評論青年學者工作坊的方式與精神，但2016年的主題以古今中外文學的「經典」（canon）為主要範疇，核心問題在探討文學經典與兩岸社會、歷史、文化、意識上的互涉與推進關係，以期綜合反省中生代、新生代知識分子或文藝工作者，在文學寫作上的困境與社會生產因素。工作坊除了進行兩岸現當代文學個案與經典聯繫的再解讀、學理深度上的研討、方法哲思上的開發，以及史料上的考掘的可能外，亦期許能跟進兩岸當代思潮與當下現象，對當代的文學作品與評論的進展，進行相對定位與視野反省，以求多元擴充兩岸當下存在的一些窄化思想、情感與文化人格深度的限制，尤有甚者，期望綜合促進未來兩岸當代文學與社會的自省能力與進步性。

　　在與會的對象上，此次更為重視差異化與多元性，除了邀請到重量級的北京大學中文系的洪子誠教授以 **「大陸當代文學中的『十九世紀幽靈』」** 作主題演講外，亦擴大爭取來自大陸更多不同省份，具有代表性的中生代的現當代文學研究的青年學者參與。工作坊著重以自由討論的方式進行交流，同時最後安排兩岸各一位觀察人——大陸觀察人為著名的「觀察網」、上海復旦大學中國研究院副研究員的余亮博士，台灣的觀察人為新生代詩歌網路平臺「為你讀一首詩」（目前已擁有七萬餘名的粉絲）的編輯／詩人、兼詩歌評論新秀洪崇德（淡江大學中文系碩士生），兩君或以綜合的視野，或以微觀的細緻點評，體現本次工作坊每位發言人的特色、優點及日後可供改進的環節。

為了讓未能與會的讀者，也能略為共享此次工作坊的問題意識及精神滋養，以下依照工作坊的發言順序，摘錄十二位兩岸與會學者的論文／發言稿的重點如下：

洪子誠

洪子誠先生（北京大學中文系）的主題演講為**「大陸當代文學中的『十九世紀幽靈』」**，他以司湯達《紅與黑》切入，反思十九世紀現實主義文學對中國現當代作家的「無法告別」的意義。洪先生指出，對中國大陸而言，儘管「社會主義現實主義」曾被規定為當代文學的最高準則，而八〇年代也出現所謂「現代派」的熱潮，但仍然動搖不了這一位置。同時，上世紀五〇年代以來，由於一批卓越的翻譯家，如十九世紀歐美（尤其是英、

法）、俄國的文學作品，在大陸較有系統及品質甚高的譯介，這些經典作品中的人道情懷、批判精神，對下層社會和小人物的同情，對人的靈魂的關注，也被不同程度地組織進大陸當代文學中。但洪先生更要強調是，十九世紀現實主義對「當代」的意義是雙刃劍：它既支撐了文學中反帝、反封建、反殖民主義的革命主題，成為社會主義制度平等、公正的「論據」，也因張揚人道主義、個人主義，而被視為損害社會主義制度、思想的消極力量。在今日的文學天空，借用一些學者的話是，「十九世紀的幽靈」仍在遊蕩。在新的歷史情境下，一些作家、藝術家仍在不懈地尋找、探索現實主義再現、批判的意義和可能性。九〇年代以來，所謂「底層寫作」、「現實主義回歸」、「打工詩歌」……等等，與其說是承接「社會主義文學」傳統，不如說流淌的更多是十九世紀現實主義的血液。

梁鴻

梁鴻（中國人民大學文學院）的主題為**「回到語文學：文學批評的人文主義態度」**，

她從美籍阿拉伯裔學者薩義德在《人文主義與民主批評》一書談起，強調文學批評「回到語文學」的重要性——真正的語文學閱讀是積極的，包括進入曾發生在言詞內部的語言的進程。梁鴻認為，對語言的探詢，其實指向的恰恰是自我的歷史生成和現實存在。學者對自我身分的強調，固然可能會帶來思維的偏狹和某些盲點，但對那些致力於思考與自身相關的社會、政治、文化的學者來說，這應該是一個基本的前提。否則，就無法找到思考的原點和啟動點，更無法穿過迷霧，在自身周圍的現象去尋找最核心的問題。她以魯迅為例，說明魯迅對國民性、傳統性等問題的有價值思考，都是從「我」出發，首先是基於對「我」的追問和懷疑，因為「我」正是這一歷史構成的一部分，梁漱溟、王國維一代的學者，都具有這樣的自我感和歷史感，值得我等今日再重視。

此外，梁鴻也指出，文學是一種對語言的重新使用，它以修辭的手段，使語言的歷史性和現實性產生對話和歧義，它的關鍵特性之一是，邀請讀者進入與言詞之間的對話關係，而這種關係之強烈程度，在別的學門的材料裡較不可能，「對話」即發現，使語言超出它固定化的含義——陌生化、複雜化、矛盾化，文學比其他任何藝術或表達形式，更多地解釋了每個人都在分享與使用的東西。因此，需要特別留意其自身及其詞彙和語法之中，極其微妙地包含著一個社會管理其社會、政治和經濟之統治思想的東西。

蘇敏逸

蘇敏逸（成功大學中文系）的主題為「論遲子建《額爾古納河右岸》與《群山之巔》」。她指出《額爾古納河右岸》將遲子建之前作品中最獨特的抒情風格，以長篇小說的形式發揮到極致，因而也獲得茅盾文學獎的殊榮。這部作品的獨特之處，在於作者（遲子建）以一個漢人、接受現代教育的知識分子的身分，去揣摩年過九旬，鄂溫克最後一個酋長的女人，在面對族人紛紛選擇下山，只剩她與癡愚的孫子安草兒留在山上回顧生命河流的心情。這樣的小說設計，使敘述者立於「少數民族」、「女性」雙重邊緣的發聲位置，從而能開展與保留鄂溫克族的民俗、風土、文化、信仰、自然觀、歷史觀和世界觀。但是，另一方面，敘述者又站在「被觀看」的位置，藉由敘述者「我」與兩任丈夫相識的過程，展現男性眼中的女性，也在對鄂溫克族風土的描述中，滲透著漢人對少數民族的觀看和認識。整部

小說交融著少數民族與漢人、傳統文化與現代化思維、原始部落秩序與現代政治、神靈鬼魅與科學理性、生命原有的直覺感應，以及本能與後天知識教育等等多重力量的碰撞與消漲。在這樣的敘述過程中，也流露出遲子建的理解與矛盾。

蘇敏逸同時也認為，遲子建生長在中國領土的極北之地，黑龍江省中蘇邊界的漠河縣，北地鮮明嚴酷的季節變化，使她敏感於陽光、雷電、風、霜、雨、雪對大地的恩賜與傷害，大興安嶺讓綿延的崇山峻嶺、茂密幽深的森林與蜿蜒伸展的河流，均成為作品中詩性書寫的靈感來源，同時，東北特殊的地理環境和歷史背景，也讓她的作品能交融著漢人、鄂溫克族、鄂倫春族、俄國人和日本人等多重文化元素，使得「邊緣」的位置形成她獨特的書寫視角與「保持距離」的敘述特色。

張麗軍

張麗軍（山東師範大學文學院）的主題為**「新世紀鄉土中國現代性蛻變的痛苦靈魂——論梁鴻的《中國在梁庄》和《出梁庄記》」**。他指出梁鴻的《中國在梁庄》和《出梁庄記》，創造了鄉土中國文學寫作的「當代傳奇」，成為研究當代中國社會變遷史、文化史、思想史都不可

逾越的文本。他以鄉土中國百年來文明轉型、文化變遷和審美嬗變的角度，重新認識和思考「梁庄」——我們不僅能以此觸摸到微渺而又堅實存在的中國人的生命之根，並且更能感受到鄉土中國現代性蛻變的痛苦靈魂。鄉土中國現代性轉型遠遠沒有終止，梁庄人和出梁庄人，在繼續經歷現代性撕裂痛苦的同時，也將迎來全面掙脫束縛、全面解放的新歷史動力、新可能性與新使命。這也是當代中國的「舊邦新命」之所在。

張麗軍還企圖反思的是：究竟今日中國知識份子能為農村與鄉土做些什麼？如何呈現今日之中國，如何闡釋今日之中國，這是我們最迫切、最重要、最根本的問題。從晚清開始時至今日的鄉土中國現代性的發展，以及它所引發的一系列社會結構和心理文化結構的撕裂、文化震盪與倫理危機，都讓我們越來越難以整體把握時代精神。學者型作家梁鴻的以「非虛構」的「梁庄書寫」，為我們呈現鄉土中國百年來最為細緻真切的靈魂蛻變史，詮釋了她對「新命」的擔當與再思考。

張冰

張冰（浙江外國語學院中文系）的主題為**「政體的選擇與現代國家的建**

設——以晚清烏托邦小說為考察對象」。
她指出，自甲午戰爭和百日維新失敗後，
由於多種原因的複合作用，政體的選擇成
為晚清維新派、保皇派、革命派以及清政
府自身矚目的焦點。而深受時代風氣影響
的烏托邦小說，也因此成為作為實現烏托
邦的一種政治手段，一時間，小說裡充斥
著「立憲」的音調。然而，政治制度必然
得自根生。縱使有些可以從外國移來，也
必然先與其本國傳統，有一番融和溝通，
才能真實發生相當的作用，否則無生命的
政治，無配合的制度，決然無法長成。這
是錢穆在反思辛亥前後，太過重視制度的
現象時所說的話，當我們重讀晚清烏托邦
小說時，這番提醒依然有效。同時，辛亥
之後的歷史也證明，僅靠制度的改變不可
能解決一切問題。

此外，張冰亦坦言，絕大多數晚清
小說對立憲和政體的理解是粗糙的，而且
他們的言論在很多時候，並不能按照字面
意義來解讀。當晚清人在抨擊專制和暴政
時，他們有時並不是在談論政體，而是想
表達反滿的意圖。地方菁英倡議自治，在
於想尋找一種相對獨立於中央政府的社會
性力量，但清政府卻希望把地方自治組織
到現代國家的建設中來，這既是中國傳統
政治當中大一統國家集權的需要，也是後

發國家建立現代國家必要步驟。

金理

金理（復旦大學中文系）的主題為
「魯迅傳統在今天的迴響」。他指出，在
當下中國人關於文學傳統的意識與視野
中，二十世紀中國文學傳統所處的位置最
為尷尬和模糊。相對於中國當代作家，提
起卡夫卡、福克納、昆德拉、卡佛、村上
春樹往往能信手拈來，而二十世紀中國文
學（現代漢語文學）傳統則淪為最不願
意認領的「窮親戚」，儘管這是我們最
切身的傳統。因而，不斷有當代作家宣
稱要與魯迅撇清關係，不斷有媒體爆出
「魯迅被趕出中小學語文課本」，似乎魯
迅正在離我們遠去。真的如此嗎？金理以
三則片段——純文學作家創作中的魯迅、
「八〇後」科幻作品中的魯迅，以及大學
課堂上的魯迅，試圖呈現魯迅傳統在今天
的迴響。

金理舉例說，我們不該忘記中國現
代文學的「誕生之作」《狂人日記》講述
的就是一個能動主體臨世的故事，儘管是
以精神分裂的「瘋」的形式，但它讓一個
獨異「新人」的長成並進入歷史實踐成為
可能，這是魯迅特有的「絕望」中的「希
望」。魯迅是在一個絕望、無力的時代裡

寫作，但是他的文學所呈現的並不只是「無力」的感受。或者說，在絕望和希望之間，他對「力」有一種辯證的自覺：捨身到深淵，拒絕任何外在的救濟，但是在深淵裡又有一股陰極陽複的力量；是以讀魯迅讓人不敢、不甘自棄，當然這股「力量」未必能實體化。而余華的長篇《第七天》作為另一種個案，典型地呈現出當代文學與傳統的曖昧而複雜的關係：首先是文學傳統巨大的歸趨力量，在傳統面前，沒有一個作家是自由的。艾略特在〈傳統與個人才能〉早就告示我們傳統不是輕易能夠獲得的，「必須通過艱苦勞動」，首先是歷史意識，「這種歷史意識包括一種感覺，即不僅感覺到過去的過去性，而且也感覺到它的現在性」。不幸我們太缺乏這種「感覺」能力。

彭明偉

彭明偉（交通大學社文所）的主題為**「孤島上海的憂鬱：試論師陀《上海手札》」**。他認為師陀的《上海手札》寫的不是三〇年代的上海摩登，而是上海的憂鬱，孤島時期的上海苦悶。表面上，《上海手札》描寫孤島時期上海市民的眾生相，亂世裡的浮世繪，不過內在貫串前後、瀰漫字裡行間的敘述者「我」的焦慮

憂思，表達最深刻的還是作者師陀與其同儕文人，在面對民族危難、抗戰圖存的處境的焦慮苦悶。

彭明偉強調，在孤島時期，師陀創作筆鋒仍舊犀利，儘管淡化了魯迅式的國民性批判，卻對市民小人物有更深包容與同情。他認為這主要是師陀的心態差別所致：師陀對於知識分子的自我批判更甚於對其他市民的批判，在戰時的上海乃至整個中國，師陀把自己看成是局內人，而非局外人，自己是與上海市民一樣，同處在孤島的困境之中。師陀不蹈高空，不寫理想空洞的人物，他的筆下只有為現實生活苦惱的俗人、庸人，他掌握這些俗人庸人在艱困的現實的精神樣貌，妙筆生動刻畫出他們可笑的醜態，因此更接近於我們所認識的真實人性樣態。作為一部師陀年僅三十歲時的作品，中國歷史的劇變與苦難，大時代轉折讓他突然成熟，與他的同期名作《果園城記》相較，其廣度和深度毫不遜色。

沈芳序

沈芳序（靜宜大學閱讀書寫與創意研發中心）的主題為：**「『學習』『學習』——重讀鹿橋〈鷂鷹〉」**。她細讀鹿橋的〈鷂鷹〉，並且聯繫上自己在大學的教學經

驗，闡述此作對大學生「學習」的延伸價值所在。〈鷂鷹〉大意為一位家學淵源的年輕訓鷹師，為了達成畢生夢想——為訓養出一隻最有靈性的鷹，展開選鷹、與鷹相處、訓鷹、最後放鷹的過程。

透過閱讀〈鷂鷹〉，沈芳序認為良好學習立基於以信任為根本，以及看見學習對象的好處兩點。鷂鷹因為相信鷹師，所以可以得到技藝與靈性的提升；鷹師因為相信鷂鷹，所以得以帶領鷂鷹，一同追求到「生命現象的通性」。同時，在學習關係的建立中，若有信任為基礎，就能看見彼此的應該多為優點，當你看到的盡是值得學習的長處，那麼你學習的品質與高度，也會跟隨著所見，因而得到大幅地進步。此外，沈芳序也進一步思考，鹿橋〈鷂鷹〉所提及的「靈性」究竟是什麼？她認為是在「有情」（人性）與「見血」（獸性）中的掙扎。如果鹿橋沒有在作品中處理鷂鷹在人性與獸性間的糾結，反而選擇了相對安全的情節——讓鷹如願成為一隻好鷹；結尾也是「人鷹相安無事」、「從此過著幸福快樂的日子」，即使滿足了情感的需求，卻沒能好好「處理情與事的距離」。那麼，對比於〈鷂鷹〉讓人「不滿」的結尾——年輕人野放了這隻傾心血訓成的靈鷹。也因為這隻鷹有了靈性，在被主人野放後，她充滿依戀地不停尋找，卻總是只能飛回主人當初訓練、最終野放她的空谷。而究竟哪種文學作品，才是真正讓讀者咀嚼再三、魂牽夢縈的呢？透過這樣的辯證思考，學生往往能夠體會出文學經典的真正價值所在。

侯如綺

侯如綺（淡江大學中文系）的主題為**「典律化的再思——以張放小説為例」**。侯如綺長期進行外省敘事與認同研究。她精確的指出，在以往黨國威權時代之中，外省族群多以「愛國敬黨」的形象被集體認識，甚至被視為是黨國的附庸，而忽略其中的異質性以及複雜深刻的心理樣貌、生命歷程和生活形態。張放是上述情況下的異類。昔日是山東流亡學生的他，在不能掌控的命運之下，穿上軍服經過大半輩子，隨同台灣社會的解嚴，他也已邁向暮年。早年他的創作量就不少，到晚年更是大量寫作，他集中的寫外省人中的老兵、掙扎於底層的知識份子，指出他們在民國史中的共同命運，並且毫不矯飾的表露身分屬性，反覆論寫邊緣人故事，可說是解嚴後的獨特存在。

而張放又如何將自己放入台灣的歷史之中？如何在敘事中回應時代的變化？

論者指出,和王鼎鈞同樣是白色恐怖的受害者,張放和王鼎鈞走向了不同的生命選擇。王鼎鈞遠走美國,張放自菲律賓退休後回來後定居台灣。以台灣為小說場景,持續不斷的寫,一直到生命消逝。張放的多部小說都是以老兵為主要角色,以《與山有約》為例,可以很明顯的看出張放在人物塑造上的喜好。他對於底層群眾有偏愛,他筆下的底層人民知勞苦、具韌性,他們擁有磨難的生命,同時也有苦難生命得來最質樸的智慧、最豐沛的愛與關懷。他們知道務實,也曉得感恩。也因此,張放寫出的是老兵的精神、尊嚴與光輝。他們忠誠,但並不愚昧;他們雖然年老,但是還有活力,有解決事情的能力。他們心知政權的欺罔與僵化,但更清楚瞭解自己力量的渺小,服從是身為軍人長期以來的訓練,但是也有自生命經驗得來的智慧。

1958年至2013年張放粗估總共發表四十六部小說,散文評論數十本,寫作成績豐富。他的創作一直持續到晚年,七十歲之後依然寫作不懈,幾乎是以一年一本的速度發表小說創作,直到過世。他所得到的文壇關注非常稀少,他以寫作熱情燃燒孤獨。其文豪邁熱情,其人又深沉複雜,他有大時代的共性,也有他個人迷人的光采。不被當代評論家與出版社青睞的資深作家,卻可能飽含我們所未發現的精神資產。

諸葛俊元

諸葛俊元(輔仁大學中文系)的主題為**「網路小說對《水滸》人物的詮釋與重構」**。諸葛認為,近十數年來,網路小說已成為網路文化產業最為璀璨的新星。從線上閱讀網站,至實體書的出版,乃至於電影、電視劇的改編,網路小說已在華文世界的娛樂及文化產業佔有一席之地。然而,小說題材畢竟有限,能吸引讀者注意的情節設計更讓作者花費腦力,在創作者日眾的情況下,如何求新求變求好求快,便成為網路寫手的當務之急。尤其網路小說為了迅速吸引讀者的注意,往往缺乏足夠的時間與篇幅經營情節、塑造人物,於是適度的「取材」與「借鏡」昔日經典作品,便成為不得不然的選擇,其具體取法對象,則是廣及古今中外各種類型之文學作品、神話傳說、電影電視,甚至是影響力較高的網路小說。

諸葛進一步以《水滸》為例,指出網路小說對此作的三種詮釋與重構方式。第一種,是改寫《水滸傳》故事。第二種,類似現代通俗「同人小說」或「前傳」、「後傳」、「外傳」之類的作品,

取材《水滸傳》人物撰寫新的故事。第三種，則是利用種種說法將《水滸》人物帶入創作者的全新故事當中，作為情節發展的配角人物，例如在歷史幻想類網路小說中，主角穿越來到宋朝，為了求生存，而與宋朝人有了聯合與對抗，與同時代的《水滸》人物產生交集，雙方的互動便推動了故事的情節。然而，論者也進一步地反思，大多數初次投身網路小說創作的寫手，年紀不大、創作經驗不多、人生閱歷又相對貧乏，他們所描寫之人物心理，仍有著文筆孱弱，精神不自覺地流於幼稚，例如兩軍廝殺成了街頭鬥毆，勇猛武將成了黑幫打手，無形當中反而扼殺了網路小說的創造力與發展性。

楊曉帆

楊曉帆（武漢華中師範大學）的主題為**「從歷史「記憶」到記憶「歷史」——讀《生死疲勞》兼談莫言長篇小説的有效期問題」**。她指出莫言1976年當兵離開農村，1984年考入解放軍藝術學院開始他的文壇生涯，1995年妻女隨軍遷往北京。研究者大都注意到類似「離鄉進城」經歷對作家書寫農村與底層世界造成的隔膜感，但僅僅著眼於城鄉二元格局，還是不能歷史地解釋這一代作家所面臨的「同

時代」的寫作困境。她從莫言曾提起的一個關於「寫作的有效期」問題出發，反省閱讀莫言所謂的歷史小說，也要區分「故事所講述的年代」和「講述故事的年代」。正是基於對九〇年代以來的現實難以把握的無力感和焦慮感，刺激著作家如何認識歷史，用何種方式去安置記憶。

然而，起源於八〇年代的問題與方法，在九〇年代被繼續啟用。莫言並非沒有意識到「鄉村文明的崩潰」，但坦言自己無法再像農民一樣，真正體會當下農村生活的新形勢。然而，經驗貧乏只是一方面，支配現實感的潛在知識，才真正決定著作家能在多大程度上，從中辨析出那些並非簡單歷史反復的真問題。因此楊曉帆著重探討的問題意識便是：作家記憶中的鄉村、小說中的高密東北鄉，如何與現實中的農村或與之相關的生活世界建立關聯？如果說現代主義技巧曾經在1985新潮的默契裡，保留下莫言個人記憶中多樣異質的生活形態與歷史細節，那麼在八〇年代中後期文學思潮與時代氛圍中形成的「反記憶」書寫、人性論等知識結構，又在莫言的「後八九」寫作中成為他歷史觀的起點。這一歷史觀的形成，為他的創傷記憶與身分認同確立了價值根基，但也封閉了以「當代性」啟動過去經驗的多

種可能。

黃文倩

　　黃文倩（淡江大學中文系）的主題為**「莫言接受視野外的《百年孤寂》」**。她指出，莫言的早期代表作，在形式與內容上，跟《百年孤寂》有一定程度的相關，但更深一步來思考，莫言對中國鄉土與文學特性的發現與建構，根本上是也建立在對世界上相關主題與視野的認識（與不認識）的譜系上。因此，黃文倩認為，深化馬奎斯跟莫言之間較有價值的討論，不能也不該僅僅採用實證主義性格的「接受」方法——僅僅從莫言及其作品的角度，討論他所接受的「魔幻現實」或《百年孤寂》，清理與再解讀莫言的接受視野之外的《百年孤寂》，可以反思莫言沒有學到的馬奎斯的另一些部分，而正是在這些可能陌生的視野與感覺，或許能對中國鄉土文學這個大母題，以及兩岸現當代文學研究有一些刺激與滋養。

　　所以黃文倩分析了《百年孤寂》中的兩種文明史觀，以及失眠症、夢與勞動、政治的發生、個體情欲與共時衰老等相關內涵與視野，她認為恰恰是在這些兼

有現實與虛構的書寫裡，馬奎斯展現了具有高度原創的思想與藝術深度，而這當中的許多層次，很可惜並未被莫言有效自覺與吸收。儘管莫言小說的內容與藝術特質，都與中國本土／鄉土密切相關，但這並不意謂它者（如《百年孤寂》）中的更多細膩的聯繫材料與角度——如非人類中心、非青年中心、非世俗中心、非實用中心不重要，即使以人為本，以及以青年為主體，是中國現當代文學中的主人公核心。同時，正由於馬奎斯有這些出乎於外的觀看方式與視野，如果能妥善吸收，反而更能照現與相對豐富化中國自身的本土／鄉土書寫。正如王曉明先生去年（2015年）在淡江大學中文系講座時曾說：「文學的力量在於透過虛構的方式創造真實的經驗……這樣的精神循環是人類生活的一個重要部分。……文學虛構的意義之一，就在於要打破套路和慣性。」莫言視野外的《百年孤寂》，在很大的程度上，以其超越時代的虛構性與精神，提供了一些能打破兩岸當代「文學」套路和慣性的環節。因此，也可作為一種抑制我們較慢地通向被奴役之路的方法。

【黃文倩，淡江大學中文系助理教授】

重拾老派文青精神
台灣觀察人報告

洪崇德

很榮幸今天能夠忝列觀察人的崗位，感謝大會讓我擁有發表這一點意見的機會。作為本次工作坊的配角，我僅能誠心對自己在這一天所學習與見證到的心得做一些簡單的歸納，希望我對在座各位主角工作成果的理解與肯定，能為彼此帶來更多互相激盪的可能。我想分成四點說明：

第一點，是這次工作坊的核心重點。本次工作坊的文案上寫著，我們的核心問題在於探討文學經典與兩岸社會、歷史、文化、意識上的推進關係，以期綜合反省中生代、新生代知識分子或文藝工作者在文學寫作上的困境與社會生產因素。通常我們看到這樣的文案，都會覺得是在講漂亮話。但從這次工作坊的討論深度與論文內容看來，這次的工作坊顯然是玩真的。

雖然以碩士生的身分列席，我自己同時也是台灣的八〇後詩歌寫作者，以我曾經幾度進行兩岸青年文學交流，並長期進行詩歌推廣工作的身分與經驗看來，既然這些話不是冠冕堂皇的空話，這個交流的意義就有必要更加深入的反思。

在我的交流經驗裡，由於傳播途徑、政治意識形態等因素，兩岸的青年寫作者在對彼此歷史、養分、思維慣性在認知、同情和理解上確實有著極大的落差，從而成就了「在概念講究上差異不大，落實在創作上卻形成不同典律」的現象。舉例來說，我前陣子去上海與同濟大學、復旦大學的詩社進行詩歌交流，與其他詩友私下討論時，我們都可以認可詩歌在語言表現上應該盡可能達到精煉的要求，但在實際表現上，兩岸的作品卻有著很不同的樣貌。這可能是大傳統與小傳統的分別，也可能是彼此攝取的養分與成長環境的差

異不同。我當然清楚大陸很大，詩歌有不同的場域（例如北京、上海、四川）差異，台灣的詩歌也不能一概而論。但相同原則的不同解釋，確實能讓我們重新以發現的眼光去進行思考。

作為一個八〇後，我認為新生代的創作標準仍未定型，還充滿各式各樣的可能性。作品的評估需要留待時間的考驗。但若我們願意期待一種更好的溝通可能發生，那麼往前回溯，把目光聚焦在那些我們都可能閱讀過的經典上，對經典是否為經典，經典為何為經典重新進行檢驗與辯證，對經典是否具備更多可能意義的探索，經典是否能夠聯繫新的方法，並能提供當代人生活或人格上的意義與思考，甚至經典是否可以在大眾的網絡的作品中呈現新的可能，是本次工作坊聰明的地方。我們有溝通的需求，卻欠缺溝通的基準點。從經典的研討展開，我想是一個很好的開始。

第二點，我個人在本次工作坊中得到的啟發。我把這次的論文分為以下幾類：

第一類，從爬梳個案中開展「社會跟歷史的集體命運」和其造成的典律，或從回顧歷史中重新建立經典的定位與詮釋。

第二類，比較現當代作品中的農村與當代社會間的異同，又或者從文化脈絡中處理較邊緣的個案推陳，來探索作品中有效的邊界在哪裡。

第三類，細緻的比對文本，從經典與作家的接受論調關係中脫身，重新確定了兩者的分別與主體性。例如文倩老師的論文，從莫言與馬奎斯的傳統接受視野中跳脫出來，以一種發現的眼光帶我們重新處理經典，是很好的例子。

第四類，從對經典的進路出發，反省這些進路的意義與價值，還有經典的文學作品面對的當代處境（例如復旦大學金理老師的論文：魯迅傳統在當代的迴響）。我特別喜歡梁鴻老師提出「文學批評之於文學的公共想像能力，文學之於大眾的公共想像能力」，彷彿作為這場研討會的註腳而存在。

第五類，在教學現場對經典意義的闡發，並與年輕的受眾進行碰撞。如靜宜

大學沈芳序老師提供在教學第一線的現場經驗，帶動我們從如何傳遞經典火炬的方式，來反思教學相長的更多可能。

第六類，從經典進入網路場域後，經二次創作的作品中尋找新的意義跟可能性，同時又在商榷中保持積極樂觀。我想向輔仁大學諸葛俊元老師致意，同樣作為中國網絡小說的長期讀者，我未曾想過這些作品，擁有在學術殿堂被認真檢視其寫作思路與意義的一天。諸葛老師提出的猴子打字機理論很有意思，是對於嚴肅文學視野以外的良好補充。

在這次工作坊的論文集中，我看到了多種方法的運用，如何在文本的細讀發現更多意義與可能性，各位老師表述的技巧與台風，還有知識分子如何以文學為鏡，將觀察的視角推展到了歷史的定位與網路世界或政治情勢的現況。

第三點，是洪子誠老師在一開始演講時自嘲的老文青。跟在座的各位學者比較，我肯定是讀書最少的那位，稱文青，可能資格還有待商榷。但我肯定跟各位老師一樣具有一顆熱愛文學的心。洪子誠老師自稱老文青，但在台灣新生代的年輕人中，我們卻不怎麼肯定「文青」這個名詞。或許是由於看過太多想把文青這個標籤往自己身上貼的人了，以至於常常泡咖啡館，聽獨立音樂，說話中外文交雜，手邊隨時都有一本高大上翻譯小說的「那種文青」漸漸成了一個有志於文學的年輕人拿來互相調侃的惡俗名詞。文青的品味常常很小資，小資不是不好，但我們不要這個標籤了。

我參加過一些從小型到大型的學術研討會（在座各位老師的經驗自然比我更豐富），研討會的精采處常在論文的好壞，還有發表人與討論人的討論內容，偶而看到提問者的冷箭。但形式上頗為制式，沒有更多的意外產生。這樣的安全，對我這樣心思活潑的學生而言，有時也意味著一種無趣。

但在今天這場會議中，這是我第一次發言。在這之前我都是默默看著各位老師的發表與討論，沒有說過什麼話。我對今天印象特別深刻的，並不是任何一篇論文的發表，而是午餐時間時，台灣師範大

學胡衍南老師拋出了「魯迅如何教學」這個問題後引起的正反討論。或許也應該感謝中午把午餐送錯地方，以至於延遲吃飯而造成討論風潮的學校廠商？

大家都在等午餐的等待時間中，我意外看到許多老師們爭先恐後的發言分享自己在教學現場的經驗，討論的內容包括但不限於魯迅的經典性（當然，魯迅的經典性不用懷疑）如何被介紹，如何在教學中讓台灣的學生同理，又如何在現行的一學期教學中能夠徹底落實，好幫助學生認識這位現當代中國文學史上繞不開的巨人⋯⋯在整個會議完全聚焦在一個原先沒有的議題上時，我從各位身上看到了所謂老文青的靈魂。在這裡文青再也不是一個惡俗趣味中相互鄙夷的名詞，而是一種近乎純善的精神。是什麼讓兩岸各地的老師在難得的假期，放下手邊的事務，到這裡開了這一場研討會？我想，是因為愛吧。

第四點，是我一開始為工作坊存有的設想。很高興師長們提供了最好的示範。找到一個基準點，重新的反省與定位，透過對經典的再詮釋，拓寬對文學想像的認識視野，補充彼此美學的差異，或許是能夠幫助彼此，在學術或創作上繼續進步的最好方式，引領我們穿越了不同的時空、政治與歷史背景，不同的視角與門類互相溝通串聯，各位老師在與經典對話的過程中，帶給我們的正向價值也將讓我們獲益匪淺。

誠如諸葛俊元老師在論文的結尾中的期許：「只要古典小說的某些文學元素仍對部份網路寫手具有影響力，那麼在數量龐大且產量驚人的網路小說當中，終有可能出現水準更高、品質更好的作品，成就下一個世代的文學風華。」

相信這些過去和現在的視野與驗證，終將引導我們看見更美好的將來。

【洪崇德，淡江大學中國文學研究所碩士生。2014年11月起，與友人共同經營有FB詩歌粉絲專頁：「每天為你讀一首詩」，目前擁有網路粉絲群七萬餘人，是台灣目前第二大的詩歌粉絲專頁】

超越鄉愁
大陸觀察人報告

余亮

我從中文系畢業後一直在文學圈外工作。文倩邀請我來參加本次淡江大學兩岸文學工作坊，想引入一些異質的聲音，希望我大膽批評。我有些猶豫，自己跳出文學圈，但別人還在辛苦寫論文，我不寫還批評人家，是不是不厚道？不過聽完大家的討論，就像沈芳序老師今天解讀的鹿橋小說〈鷂鷹〉裡所言：鷹的爪子感覺到了主人跳動的脈搏，一刺下去就會流血，要不要刺下去？我想我還是刺吧，不辜負這次邀請。

我很喜歡沈老師這種文學教學實踐。沈老師向學生普及經典，介紹了很多學生的有趣反應。而張冰說中文系學生現在喜歡正能量，這也很有意思。在大陸，中文系一般生產出負能量的批判者，但九〇後一代人不一樣了。

沈老師努力讓學生能夠與經典自然地接觸。我注意到文中幾次提到好萊塢大片。把經典與好萊塢聯繫起來，如果能親民地啟動經典也不錯，不過我擔心的是經典的好萊塢化。〈鷂鷹〉中談到的訓鷹原則聽起來挺像心靈雞湯，或者說心靈鷹湯。小說渲染的靈性都在於個人化、內面化的訓鷹方式。但我以為，從政治經濟學和產業經驗的角度，而非文學角度，深入瞭解那個看上去庸俗的訓鷹產業，才是理解這個世界的重要方式，並會反過來提升文學的境界。另外，聽起來在台灣《小王子》是需要推送的作品，不過在大陸，幾乎是個知識青年都接觸過《小王子》，我倒擔心小王子太多的世界也蠻可怕的。

走與不走

侯如綺和彭明偉的論文都是重新發現作家。侯如綺結合政治歷史講老兵作家張放，彭明偉從情感結構去體會五四一代的師陀。

我自己在台灣的堂爺就是1949年來台的國民黨士兵，侯如綺的文章幫我歷史

地理解了島內很多狀況。「張放小說的光采，在於身為一名一九四九年離散來台的中國人，既無力改變現實，但卻勇於面對未來的精神形象。」我覺得文章在超越冷戰思維，多面理解歷史方面，延續了陳光興那種「大和解是否可能」的思路。但後人還需要這種大和解嗎？文學的無力感出現在這裡，張放筆下的老兵寬容理解了加害者，超越了個人遭遇，能否超出龍應台那種無原則的「原諒」視野？龍應台筆下，所有戰爭都不對，所有死者都包容，因而任何一方都不該有什麼可抱怨的。所以她無法理解土地革命與戰爭的必要性，無法理解國民黨到台灣來為什麼要堅決土改。

彭明偉選擇師陀，給了我們一種新的孤島文學形象。比起評論，我更願意注視和共鳴。師陀在孤島的文友先後離開孤島，有的去延安，有的去國統區，彭明偉反復追問師陀：「為什麼不走？」像《命運交響曲》裡反覆的叩門聲，讓我的心也被敲動了一下。

師陀的至交卞之琳，也是《上海手札》裡被描寫的人物，高度評價師陀創作的獨特性：冷雋，以及不盲目跟風的獨立性。卞之琳說：「而蘆焚（師陀）是天生的小說家。」所以小說家到底是什麼？一種無法果決，不斷叩問自己的主體？我想彭明偉給我們打開了一條思路。

網路小說與未來科技

讓我們把視線投向當代。網路小說作者到底為什麼熱衷於取材古典？為什麼熱衷於「穿越」？齊澤克認為，這是因為創作者討厭當下社會結構又無法改變，就通過穿越到過去來否定當下。但多數寫手真有這種批判當下的意識嗎？我認為，穿越小說的背後，也可能是大國崛起時代，一種無意識地追求大國主體文化意識的心態，因此而訴諸於歷史輝煌。

諸葛老師研究了大量網路小說文本，細細分析其創作辦法。我擔心這樣研究會不會很累，要不要引入大資料分析辦法。大陸的盛大文學之類公司，對小說採用了一種純工業化的分析，拆分小說的情節，統計高潮點出現的間隔長度、熱點等等，只為了判斷一篇小說是不是會暢銷。美國的Netflix通過大資料計算出要拍一部《紙

牌屋》，我在國內的朋友做了個科技公司，也是利用大資料和演算法來研判一部電視劇的收視率，居然很準確。他的演算法裡也用到不少文藝學知識，比如對話長度，情感線和故事線的交織緊密度等等。

文學人會擔心這種工業化模式破壞了文學，這種擔心有道理。但矛盾在向前發展，我們要跟上。

莫言的世界與中國

黃文倩和楊曉帆兩位老師都把視線投向了莫言的高密鄉。文倩提供了一個好視角：尋找被莫言們忽視的《百年孤獨》的要素。中國尋根一代作家深受馬奎斯（大陸譯：馬爾克斯）的影響，但影響本身就是一種選擇的政治，什麼是被中國作家們有意無意忽視掉的呢？

文倩認為莫言們對衰老的處理不夠，馬奎斯正相反，有大量關於衰老的處理。但缺少衰老，從小說豐富性上來說可能是一種缺憾，但是從歷史動力學的角度看，不一定是消極的。莫言們處在一個青春的中國，一個不斷革命不斷改革的中國。這樣的中國缺少對衰老的感受。哪怕

莫言在厭棄中共的土改時候，他也是年輕的，比如在楊曉帆重點分析的《生死疲勞》裡，主人公不斷的轉世，這是一種不息的生命力。

曉帆採用年代的辯證法，繼承了李陀、蔡翔的路數，想說出莫言封閉了什麼樣的革命史經驗，與文倩有異曲同工之妙。曉帆認為莫言具有中農或者說農村中產的意識，與我的看法相同。莫言有一種中國式的狡黠的市民意識。我們一般談論文化領導權，視野鎖在城市。中產階級無意識地掌握著文化領導權。但中國作為農業大國，城市內含著鄉村，莫言的中農意識反應了這種領導權的複雜性。洪子誠老師不同意莫言有中農意識，我認為，這種意識是無意識體現的，正如同今天很多城市小資也無意識地同情和嚮往地主生活。

當代的鄉愁

主辦方安排的特別好，蘇敏逸和大陸來的梁鴻、張麗軍適合放在一起。他們有很多共同點：鄉愁、對文化母體的尋覓，不同於發展主義的非線性時間觀念，以文學作為一種守護精神，以及，三個好

人，善良，厚道，同時都有一點蒲魯東主義，後面會講。

我經常不同意好人的邏輯，因為好人不一定邏輯清晰，壞人往往邏輯清楚。

張麗軍的論文詳細介紹了梁鴻作品梁庄系列，介紹了觸目驚心的農村現象，闡發了人文主義關懷帶來的啟發。蘇敏逸的文章重述了遲子建的小說，再現山林裡由少數民族守護的傳統。可以說，這兩篇論文在形式上都屬於傳統的文學評論路數，在閱讀中與作者的靈魂邂逅，順著作品的脈絡旅行、評點、闡發光明。這種傳統需要繼承，但在今天正面臨衝擊：在一個資訊接受方式急劇改變的時代，重新敘述闡發別人的作品，是否能適應這種變化。

在主題上，我要問，鄉愁在今天的意義是什麼？作為一種症候，背後焦慮是什麼？梁庄有水汙染，這不是李慶西等人在1980年代就表達過的嗎（《最後一個漁佬兒》）？重複發明鄉愁的意義何在？需要追問，和過去相比，鄉愁背後的歷史、社會結構變化。

最近幾年，每到年關，大陸的微信朋友圈就會自發狂刷文學博士們寫的鄉愁文章。誰在閱讀鄉愁文章？以我的觀察應該是進城的城市小資在閱讀。有人稱之為中國崛起前的最後一次鄉愁，這個說法不一定對，但是視野超出了沉醉鄉愁的文學欣賞思路。

工業化之下，農村確實在衰落，但另一面是中國人平均壽命的不斷提高。討論農村，如果多一點工業視野，比如關注一下「淘寶村」，才會全面。

遲子建小說《額爾古納河右岸》乞靈於山林裡的鄂倫春人。遲子建看上去比較猶豫，不像那些西藏心靈雞湯小說那樣把西藏神性化。這個是好事，沒有完全陷入薩伊德所謂的東方主義。蘇敏逸談到遲子建從內、外兩種視角展現鄂溫克族的觀看與被觀看，這種關於兩種觀視的論述本可以挖掘更多主體奧秘，可惜沒有發揮。

我覺得聯繫前面黃文倩和楊曉帆對莫言的討論，我們可以反過來問，遲子建的小說處理的就是傳統和衰老問題。在遲子建筆下出現了算命者，但是沒有深入理解。算命職業很有意思，我在中國鄉村遇到過形成產業規模的算命師群體，他們會雜糅名想學、成功學甚至心理學知識。算

命就是現代的，反過來，現代心理學也往往淪為心理巫術。魔幻現實主義的基礎是歷史與現實的碰撞，而在遲子建的筆下，歷史與現實似乎是對立隔膜的。

梁鴻老師的論文《回到語文學：文學批評的人文主義態度》最難評述。以前看過梁老師的紀實文學作品，看過梁老師微博感慨農村宅基地置換壓縮村民的社區空間。但是看論文是第一次。風格和文學作品差別甚大。

開頭引用了很多理論，主要是薩伊德。有趣的是這種把學院左翼的理論與保守主義的鄉愁揉合起來。這篇論文囊括了三篇論文的主題：人文主義、知識份子的公共性和鄉愁。重點是在第三個，前兩章的理論分析似乎已經不耐煩，第三章終於直奔鄉愁。

就作家來說，混沌一點好。混沌的巴爾扎克小說就被馬克思認為展現了遠比學究豐富的東西。在這篇論文裡依然有一種良性的混沌，能洞察大陸知識份子的情感結構。

論文主旨在於把鄉愁描述為一種方法。為了論證這個，上升到民族美學高度——「假如美學是指『感情』優越於知識、道德而為最基本的東西的話，那麼，本質上民族就是『美學』的。」換言之，如果說民族是以「美學」的方式而生成，共同的光榮、悲哀、憤怒，那麼，包含在這一「美學」中的情感、鄉愁、自我，則應該是我們思考民族存在時的基本起點。為了論證鄉愁的合理性，從而默認民族是美學的，體現了作者對民族感情的認同，區別於中國知識界迷漫的反民族主義思潮。但是在對社會問題的分析上，有一種蒲魯東主義，作者嚴厲批評當代世界的科技霸權、理性霸權和政治經濟學思維，無法融合當下，成為一種保守主義。

馬克思在《哲學的貧困》裡總結了蒲魯東主義。蒲魯東認為資本主義瓦解了中世紀的田園牧歌，對此痛心疾首。提出的解決辦法是消除中世紀灰暗的一面，保留中世紀美好的一面。馬克思批評這是一種形而上學思維，以為中世界的灰暗和美好可以分開。美好與灰暗不過是矛盾的兩面。內在矛盾向前發展，資本主義的出現，將同時克服中世紀的優點和缺點，創造一個包含新矛盾的新世界。社會科學家

要做的是把規律揭示出來並加以利用,積極地干預世界。

以科技為例。當代中國科技霸權有多大?這是個複雜的事情。同樣有人認為中國人科普遠遠不足,偽科學和現代迷信盛行。這個只要想想層出不窮的宗教大師騙子,想想前一陣子洪水災害頻發,德國抗洪神器之類謠言在網上熱傳就明白。

理性主義會簡化事實,但文學式的思維同樣會偏離事實。

福樓拜、狄更斯、雨果,作為批判現實主義者,確實發現了資本主義冠冕堂皇讚歌之下的黑暗,但這種批評是指向政治經濟社會結構,而不是抽象地去反對科學、理性原則。馬克思、韋伯等學者也正是在科學主義的方法指引下才能展開對資本主義、工具理性的辯證批判。

公共領域確實在某些方面萎縮,但又總是以新的形式被發明出來,科技賦權起到很大重用。廣泛的公共領域恰恰是18世紀發明出來的,恰恰伴隨著工業化對空間和生活方式的改造。歐洲封建時代和居住專制時代沒有現代意義的公共空間。當民族主義伴隨印刷資本主義產生的時候,公共空間也伴隨報紙誕生了。今天社交媒體也改變了公共空間的模式。

梁鴻認為「文學是政治經濟學的敵人」,嚴格說,文學是庸俗經濟學的敵人。新世紀以來,隨著跨學科研究的興起,學者走出原先的學科限制,且觀察到社會發展遠超過八〇年代的美好想像,開始反思八〇年代和九〇年代純文學觀念,重新把政治經濟學視野拉回文學中來。

重返抗爭

魯迅一直是當代中國大陸爭論不休的話題,要把魯迅趕出課本的聲音不絕於耳,也引發了魯迅支持者的憤怒。金理通過文本分析揭示了魯迅不會離開我們,依然具有當代意義。

金理對城管和小販雙方的理解超出網上的戾氣,一看就是被大陸互聯網輿論鍛鍊出來的。大陸學者劉陽曾到城管大隊掛職工作數年,對城管的困境有政治經濟學和組織社會學意義上的理解和同情。金理的這種同情式理解來自愛而不是政治洞察。文學當然要訴諸愛的力量,但是考慮到台灣現在已經發展到「用愛發電」的地

步，對愛還是要有所警惕。

金理對「屌絲逆襲」有一種警惕，認為屌絲在反抗壓迫的同時卻複製著壓迫結構，這種警醒非常有意義。不過無產階級革命就是一次屌絲逆襲。屌絲不服，也算是革命的積極遺產。如何理解和引導這種意志，是需要考慮的問題。

張冰的論文和楊曉帆一樣都閱讀出文學作者的無意識思想。張冰採用症候式閱讀法，討論了晚清小說中的地方自治想像，指出當時那麼流行的聯省自治觀念背後恰恰是對建立強大國家的渴望，只是在現實的國家屢弱背景下，不得不想像通過地方自治革命的途徑來實現國家更新。

我想到陶淵明的《桃花源記》，被一般文學閱讀者認為體現了道家的出世理想，但陳寅恪論證《桃花源記》素材來自南北朝時期北方亂世裡的堡塢，是鄉民為在亂世自保而在山間建立的社會組織。陶淵明從劉裕北伐中獲取這些資料，書寫下來，背後恰恰是對天下治平失落的遺憾。在今天中國的自由主義知識界，民國時期失敗的聯省自治依然是一種有影響力的觀念，張冰回應了這個問題。

張冰談到民國人文知識份子缺乏對科技、工業的知識，只能抽象幻想地方國家建設。這對今天仍然有警示意義，在現代化的今天，人文知識份子如果缺少對科技、實踐、工業組織的知識，就容易陷入盲目批判。

為什麼不走？

大家前面討論過堅持從事文學的意義，也思考過「為什麼不走」的問題。我倒是想起了延安整風運動時期，凱豐同志說過的一段話，大意是說，整風運動讓一批作家上前線下基層體驗生活，有的人從此不再返回文學，而是做別的工作，這是好事，找到適合自己的踏實工作，不是非要做文學不可。

文學的鄉愁本身不是目的，文章乃經天緯地之大業，目標在別處。

【余亮，復旦大學中國研究院副研究員】

2016
冬季號
第 5 期

因為慈悲，所以懂得
——管窺路內

國家圖書館出版品預行編目（CIP）資料

因為慈悲,所以懂得：管窺路內 / 徐秀
慧等編輯群. -- 初版. -- 台北市：人間,
2016.12
160面；17 X 23 公分. --（橋. 冬季號.
2016）
ISBN 978-986-94046-0-0（平裝）

1.中國小說 2.現代小說 3.文學評論

820.9708　　　　　　　　105022505

編輯群	徐秀慧　彭明偉　黃文倩　黃琪椿　蘇敏逸
責任編輯	黃文倩
文字編輯	張懿文　劉紋安　黃文倩
封面設計	黃瑪琍
美術編輯	仲雅筠
發行人	呂正惠
社長	林怡君
出版	人間出版社
地址	台北市長泰街59巷7號
電話	(02) 2337-0566
傳真	(02) 2337-7447
郵政劃撥	11746473 人間出版社
電郵	renjianpublic@gmail.com
定價	160元
初版一刷	2016年12月
ISBN	978-986-94046-0-0
印刷	崎威彩藝有限公司
總經銷	正港資訊文化事業有限公司
地址	台北市大安區溫州街64號B1
電話	(02) 2366-1376